みっちんの声　目次

I　2008年7月〜2012年6月

Ⅱ　2014年8月〜2017年11月

題字　池澤夏樹

装画　クサナギシンペイ

© Shinpei Kusanagi "fragments",
2014 acrylic on canvas, 45.5 × 45.5 cm
Courtesy of Taka Ishii gallery
Photo by Kenji Takahashi

装幀　佐々木暁

みっちんの声

▪本書第Ⅰ部の収録は、石牟礼道子の自宅と（二〇〇八年七月、二〇一二年五月）、療養先の施設で（二〇一二年六月）行われた。

▪本書第Ⅱ部は石牟礼の入院先の病室で、当時毎日新聞の記者だった米本浩二氏が記録したものをまとめた。米本氏は現在著述業。著書に、『評伝 石牟礼道子――渚に立つひと』『不知火のほとりで――石牟礼道子終焉記』『魂の邂逅――石牟礼道子と渡辺京二』などがある。

▪自宅や病室での石牟礼と池澤の会話には、米本氏をはじめ、石牟礼の仕事を長年支えてきた日本近代史家の渡辺京二氏が加わることもあった。渡辺氏は著書に、『もうひとつのこの世――石牟礼道子の宇宙』『預言の哀しみ――石牟礼道子の宇宙Ⅱ』『逝きし世の面影』『黒船前夜』などがある。

I

2008年7月〜2012年6月

2008年7月9日

家の歴史、土地の気風

池澤　昔、ぼくが沖縄に住んでいたころ、石牟礼さんが電話をくださったことがあったでしょう？　ずいぶん長くおしゃべりして、あれ以来なんとなく親しい気持ちでおりましたが、実は、お目にかかるのはこれが初めてですよ。

石牟礼　そうですね。

池澤　今ぼくはフランスに住んでいます。それで、沖縄に住んでいたときもそうなんですが、遠くからポンと来ても、「あれは何者？」「何してる人？」って言われるわけです。だって、ぼくら文筆業の仕事は畑や漁とちがって外から見えないでしょう？　会社勤めならば会社があるけれど、それもない。

石牟礼　ええ。

池澤　でも、子どもがいると受け入れられるんですよ。保育園や学校でつき合いができるし、何々ちゃんの家といういわば名札ができる。すると認知されるわけです。で、いろいろ行事に駆り出されるようになる。保育園は手間がかかりますから、地域との濃密なつき合いが始まる。子どもを連れていると、怪しい人と思われないんですよ。相手のほうのガードが下がるから、すごく楽になる。フランスでも同じでしたね。学校がいちばん強い絆です。子どもの友達のお父さんやお母さんから聞いて教えてもらうと、いちばんよくわかる。

石牟礼　水俣では、他所から来た人は、その家の歴史というか、そういうのが付いてまわる。たとえば熊本から水俣に来た人は「熊本流れ」と言われるんですね。アルゼンチンから来ると「アルゼンチン流れ」。それから「薩摩流れ」とかね。三代くらい前に来た人でも、そう言われます。善くも悪しくも。村の気風に合わないことをしでかしたときは「あの薩摩流れの？」って。婉曲に「私たちとはちがう」と。

池澤　ということは、他の人たちはもう、何世代も前からずっと水俣にいたということですね？

石牟礼　そうとも限らないんですけどね。私の家なんかは私で三代目ですから。

池澤　その前はどこですか？

石牟礼　天草です。

池澤　天草。そうすると場合によっては「天草流れ」と？

石牟礼　そうですね。「天草流れ」と言われているにちがいないです。なにしろチッソができたときに、積み出し港を作るのに天草から一家総出で出てきたんです。

池澤　そうですか。チッソとは因縁が深いんですね。

石牟礼　そんな因縁がございますね。それで、船に乗っている天草の人たちが沖で出会いますでしょう。すると「水俣の景気は、チッソの景気はどうか？」と挨拶がわりに言うんですよ。みんながそんな経験をしているわけじゃないですけれどね。

池澤　城下町ですよね。ぼくはね、実の父の一族が九州なんですよ。

石牟礼　福永武彦さん……。

池澤　はい、福永です。彼はもともと博多で、今でも佐世保、長崎あたりには親戚がちらほらいるんですけど、博多はもう誰もいなくなってしまいました。生まれは二日市町。七、八歳で東京に出てきましたから、象徴的な故郷だったけれども、従兄弟たちは残っていたし、郷里感は強かったようですね。博多弁の響きがどこかにあったりして。

阿蘇高校での難儀な講演

石牟礼　昨日はすごく暑かったんですよ。三十四度もあって。それで、あちらの部屋に冷房を付けたんですね。それで、電気屋さんと冷房機に詳しい人と、さらにもう一人、三人いらしたんですよ。もう一人の人は何に詳しいのかわからなかったのですが、それはもう無口な人で。何か話しかけても黙っている。聞こえているのか聞こえていないのか。その人の顔を見てみると、そんなにいかめしい顔じゃないんで、怒ってらっしゃる様子ではなかったです。四十くらいだったでしょうか。私は「何か悪いこと言ったかな」と思った。どうすればその人の気分がわかるかなと思って、それとなく他の人と話をするんですね。耳に入っていただけますようにと思って。でも何もおっしゃらない。そのうち、もう一軒行かなきゃいけないところから電話が掛かってきたようで、「一足先に失礼します」とおっしゃいましたから、「あら、お茶を用意しておりますのに」って言ったら、「催促の電話が掛かってきましたから」って。初めてものをおっしゃった。「タオルを冷やしているんですけど、拭いていただきたいと思って。どうぞ使って帰ってください」って言ったら、にこりともせずに「どうも」と。そうおっしゃったから悪い気はしなかったんですけどね。それでタオルを使っていただきました。よかったです。あんなにものを言わない人って、初めて。

池澤　暑いといえば、昨日は阿蘇高校で高校生相手に、一時間しゃべったんです。体育館の床に高校生が五百人坐ってるんですよ。そして、とても、暑い。

石牟礼　阿蘇も暑かったですか？

池澤　暑かったです。ぼくが壇上でしゃべっていると、みんながもぞもぞ、もぞもぞと動くんですよ。まあ、話も大したことなかったし。見るからに暑いっていうのがわかる。若いから熱気も立って、それがこっちに押し寄せてくる。いい子にして話を聞かなきゃいけないけど退屈だっていう気分が見ていてよくわかる。彼らが少しずつ動く様子が、炊きたてのご飯に鰹節を振りかけるとゆらゆら動くでしょう？　あれとそっくりなんです。ぼくはしゃべっているからもっと暑くて、汗が出てきて、目に入って痛いんですよ。ハンカチはあるんだけど、汗を拭くためにはこのメガネを外さないといけない。これはスポーツ用のメガネで外しにくいんです。そうすると三秒ほど話が途切れる。そのあいだに生徒たちが何人か寝込んでしまいそうで。なかなか難儀でした。

石牟礼　それはご苦労でございましたね。

池澤　高校生たちは一生懸命聴こうとしているんです。熱意は顔に見えてるけれど、お昼ご飯のすぐ後でしょう？　しかも床に坐ってるだけ。眠くなるのも当然でね。それを懸命に耐えているのが上から見てわかる。みんなが本当に眠そうになると、「君たちは……！　これから……！」とか目が覚めるような大きな声を出す。お互い大変でした。

石牟礼　講演のときの居眠りといえば、あるとき、吉本隆明さんのお話を聴きに行こうということになって、五、六人で小倉まで行ったんですよ。私たちのグループは吉本さん好きですから。私も張り切って行ったんですけれど、お話が始まった途端に、睡魔というのが本当にいるというか、眠くて眠くて眠くて。あんなに眠かったことは生まれて初めてです。しかも吉本さんの真ん前に坐ってるんですよ。吉本さんが目の前におられるのに、それでも睡魔というのが来た。あんなに困ったことはありませんでした。

池澤　ぼくもね、あるとき、神戸の震災についてのシンポジウムがあったんですが、ぼくは午前中に一人でしゃべった。午後からお話しになる方はみな、大学の先生なんですよ。みなさん専門領域のことを話される。昼食の後、ぼくの席はいちばん前だったんですが、こちらの仕事は終わってしまっているから緊張感がない。それで延々と専門的な話。眠い眠い。「そう、そうですね」というふりをしながら、頷きながら、実は寝ているという。

石牟礼　ああいう経験は初めてでした。しかも吉本さんのときにどうして眠らなきゃいけないのか。あれはどういうわけでしょうね。しかし、ご飯の上に鰹節がのってるイメージというのは面白いですね。

池澤　生徒たちは真っ白い服を着ていたから。それぞれが我慢しながらどうしても動いてしまうという感じでした。

石牟礼　我慢しているんですよね。

池澤　でも若いときに聞いた話って、百個に一個ぐらいはずっと残る。誰か覚えている子がいるかもしれないですね。ぼくは一度だけ聞いた小林秀雄の講演をよく覚えています。決してあの人のファンだったわけではないんだけれど。

ドキュメンタリーの力

池澤　石牟礼さんと言えば思い出すのですが、昔、石牟礼さんは「マスコミＱ」というテレビ番組に出演されたことがありましたね。六〇年代後半でしたか……。その「マスコミＱ」は、そのころとしては先鋭的な番組でした。ある意味では意地の悪い番組作りでした。石牟礼さんが部屋に置かれた椅子に坐って、正面にカメラがある。カメラはじっと石牟礼さんを映すだけで、それ以外は何もない。石牟礼さんは一生懸命考え考え言葉を選んで、水俣気で、患者さんが今どういうことになっているか、説明しようとされるんですはない。

石牟礼　ああ、思い出しました。はい。

池澤　それで、一つ何か言って、次に何を言おうかと考え込む。で、そのじっと考えて張の時間に見ているほうがだんだん引き込まれていく。石牟礼さんは考え込んで苦しんでい次の言葉を選んでいらっしゃる。生放送だから、制作する側は編集のしようもないし、するつもりもない。ともかく、石牟礼さんを連れてきて坐らせて、カメラを置いて、あとは待っている。それがいちばん本当の言葉を引き出すための手段だと思ってやっている。だから、その三十分は、水俣のことについて苦悶しながらしゃべる石牟礼さんの言葉が一個一個重くて、本当に感心しました。テレビってこういうこともできるんだと思った。それが、ぼくがこれまで見たテレビ番組で唯一、感心した番組。その後は、もうそういうことがないから、見なくなってしまったんですけどね。その番組は、反抗的にいろいろやっていたんで、しばらくして潰されたと聞きました。ビデオも何もない時代だから、映像は何にも残っていないけれど。でもドキュメンタリーの力、同じ時間に進行している、同じ時間の中で見ることの強さと怖さを感じましたね。

石牟礼　引き受けなきゃよかったんだけど、引き受けてしまったもので、何か言わなきゃいけない。

池澤　見てそうだろうと思いました。とっても困っていらっしゃった。

石牟礼　困ってましたね。

パラオに残る上質の日本語

石牟礼　池澤さんがお書きになった文章の中で、どこか南洋の島の名前が出てきて、そこでは古い日本の上品な言葉がたくさん残っていて、そこで歌と踊りの練習を見て……というのがありましたね。

池澤　あれはパラオですね。

石牟礼　そこの人が、池澤さんに「内地からいらした方ですか」と訊《き》いて、池澤さんは「はい、東京から来ました」とおっしゃるんですね。それで、そのうちに変わった歌が始まる。歌の最後に突然、胃薬の広告みたいな行がある。

池澤　パラオは、昔、日本の領土でした。それで、日本語は学校で教わった言葉だから、みな丁寧なんですね。学校で習った言葉はなかなか崩せない。

石牟礼　「内地からいらした方ですか」という言い方も、品が良いですよ。

池澤　教わった言葉だから崩しようがないんですね。歌はこんなです——

〽さらば別れた窓の下

肩を叩いて名を呼べば
強くやさしくうなずいて
また来てね、またおいでね
ほんとに忘れない胃の薬

ぼくが踊りの練習をしばらく見ていると、最後におばさんが「内地からいらした方ですか」と。「はい東京から来ました」と言うと、「この歌の二番をご存じありませんか？」と言う。知りませんよ。聞いたこともない。

ぼくの推測では、あれは薬の行商人が広めたコマーシャル・ソングですね。日本の薬はとても評判が良かった。それで、パラオではその人たちが歌を歌って人を集めて薬を配ったんじゃないかと考えました。今でも台湾の方などはみなさん日本の薬はとても効くと信じてますね。日本に旅行に来た台湾の人たちのお土産の第一位は、リンゴなんですよ。台湾じゃとれないから。

石牟礼　台湾じゃリンゴはとれませんか。

池澤　あれは北のほうの果物ですから。日本に支配されていた時代に味を覚えた。美味しいので、日本というとリンゴなんだそうです。そして、次が薬。日本の薬ならともかく効くと信じている。薬って信じて飲むと効きますからね。だからみなさん、リンゴと薬を買って帰られる。まあ昔の話ですが。

石牟礼　日本は、今はもう言葉がめちゃくちゃでしょう。なんと品のない国民性になったんでしょうね。

池澤　崩すほど仲間意識が強まるんですよ。今の日本はみんな不安だからそんな絆でも欲しい。崩すといえば、うちの子どもたちを見ても、フランス語が丁寧すぎると友達に馬鹿にされるということがある。それで、友達相手にはちょっと崩してみる。そのうち、喧嘩に使うような悪い言葉も覚える。ところが親は、それがどのレベルまで悪い言葉かわからない。こっちはそれこそ学校で習ったフランス語ですから。だから他の親御さんに、「この言い方は許容範囲内ですか？」と訊《き》くと、「それはまあいいでしょう」って教えてくれる。そうやって崩しかたのレベルを確かめていかないといけない。

石牟礼　でもフランス語で兄弟喧嘩って面白そうですね。

池澤　悪口って友達からしか習えないし、うちの子は今のところ日本語の悪口を習う相手がいないから。

石牟礼　ああ、そうですか。

池澤　他の言語のなかでは、韓国・朝鮮語は響きが日本語に似ていますね。ぼくは、あれは体格だと思うんですよ。身体の形というか骨格が似ていると、響きも似るでしょう。ヨーロッパの言葉と比べると、朝鮮語と日本語は、文法的には全然ちがうし語彙もあまり似ていないけれど、音の響きはやっぱり似ている。

石牟礼　私も、韓国語は音の響きが日本語に似てると思います。

池澤　ところで、骨格と声といえば、ぼくは父親と顔はあまり似てないんですけれども、声がよく似ていると言われました。あるとき、子どものころからぼくの父を知っている従兄が電話してきたことがありました。ぼくは父の家にいて――父親とはほとんど一緒に暮らしたことはなかったんですが、そのときはたまたまいたんです――父が「取って」と言うから、「はい」と言って「もしもし」と出た。そしたら「あ、あの、ただいま目白の駅にいます。これからそっちへうかがいます」と。なんでぼくに敬語で話すんだろうと思ったら、完全にまちがえていたのね。この場合、一緒に暮らしたことがないのですから、話しかたがうつったわけじゃない。声そのものが喉の形で決まっていて、同じだったんだろうと。

それからよく、後ろから見ている人に言われたのが、「夏樹さん、お父さんとお辞儀の仕方がそっくりだね」。それは骨格だけじゃなくて、照れて、いい加減なお辞儀――「あ、どうも」みたいな感じ――そんなお辞儀をするところが似ていたんでしょうね。

石牟礼　顔の似た人がこの世に三人はいるって言いますけれど、声、声紋と言ったらいいんでしょうか、同じ声の人ってそんなにいないだろうと思っていましたんですけれど、やっぱり似るんですね、親子は。

方言と標準語

池澤　普段の生活で言いたいことを共通語で言えなくて、方言になるということはありますか。

石牟礼　そうですね。たとえば「とじぇんなか、とじぇんなか」っていうのは、「退屈だ」でもないし「暇だ」でもない。「寂しい」という意味があるんですよね。孤独だということを言いたくて、「とじぇんなか」と言う。子どもたちが村からいなくなったとき、うちの母はよく「子どもたちの声がせんで、とじぇんなかね」って言いよりました。

池澤　ぼくは今、「徒然無い」という文字が浮かんだのですが。

石牟礼　私もその文字で考えています。今の私たちは東京弁に近いような共通語を話しますが、共通語のことを「標準語」と言いますよね。標準語って、どこででも言うのかしら。標準語は、近代に入ってから東京で作られたんでしょうか。

池澤　そうでしょう。最初は軍隊ですよね。標準語がないと、命令が伝わらないで困るから。それから産業でもそうでしょう、あちらこちらから職工さんを集めてくると、お互い、言葉がわからないと困る。だから標準語。吉原のありんす言葉と一緒ですよ。

石牟礼　そういえば、村の青年たちが軍隊に入ると、ばりばりの軍隊語を使うようになって帰ってくるんですね。そうしますと村の少年たちがしばらく兵隊言葉の真似をするんですよ。

池澤　「自分は」って言うんですよね。
「〜であります」とかね。

石牟礼　そうそう。「自分は」と言う。あの「自分は」というのが、なんとなくおかしいんです。だけど兵隊言葉は、しばらくしたらもとに戻ってしまうんですね。集団就職で都会に行った人たちが帰って来るでしょう。そうしますと、帰って来た人たちは、就職先で覚えた言葉、イントネーションで言うんですよね。そうすると村の人たちは、「ありゃ、三日《みっか》東京弁じゃが」って言うんです。すると真似して使う人が出てくる。そうすると「行かず東京弁じゃ」と。みんな「はしか」みたいにかかるようですけど、戻っちゃう。

池澤　ところが、ラジオとテレビのせいで戻らなくなってしまった。いつもいつもラジオ・テレビは東京弁でしゃべってる。結局そっちがなんかかっこよく……。

石牟礼　聞き苦しいですね。へんな言葉が若い者のあいだではやる。でも、面白いと言えば面白いんですけど。「ええ!?」って思うような言葉を使いますね、若い人たちは。あれはテレビ言葉でしょうかね。

池澤　テレビから始まって、それが自分たちだけのあいだで広まって、自分が若いんだっていうことをアピールするのに、わざとそういう言い方をする。言葉ってある意味で人をつなぎますね。言葉遣いで「ぼくたち」という結束ができる。それがみな共通語になってしまった。でも、情感込めて言うときは、方言じゃないとだめですね。さっきの「とじぇんなか」もそうだけど、情感込めて言うときは、方言じゃないとだめなの。

石牟礼　方言じゃないとだめですね。

池澤　沖縄弁を見ててほんとうにそう思います。沖縄弁のことを「ウチナーグチ」って言うんですが、それに「ヤマトグチ」が加わって、若い子たちはだんだん「ウチナーヤマトグチ」になって、テレビみたいなしゃべりかたをするようになってきている。それでも何かのとき、困りはてて「ああ、どうしよう」っていうときは、ウチナーグチになる。「はあ、ちゃーすがや」

と言うとぐっと気持ちが出るといいますね。そういう形で残っていくんだろうと思います。

今の時代を生きるための「世界文学全集」

池澤　実は、ぼくはいま個人編集という形で、河出書房新社で「世界文学全集」をやっています。昔、世界文学全集が流行して、いろいろな出版社からいくつも出ましたね。

石牟礼　私、知りません。

池澤　日本文学全集とか、世界文学全集とか。

石牟礼　全集ものって、読んだことないから。

池澤　でもあちらこちらにありましたよね。それを、もう一回やろうと思ったんですよ。今、六巻ぐらいまで出たんですけれど、二十世紀後半の新しいものばかりにしたんです。やっぱり、若い人たちにいちばん読んでほしいですね。

石牟礼　若い人たち読むんでしょうかしら?

池澤　それが、けっこう読者がついているんですよ。

石牟礼　それは良かったですね。

池澤　これからの時代を生きていくうえで支えになるような文学を選んだつもりで、二十四冊、出すんです。

石牟礼　大変ですね。

池澤　でも、こういうことが、たぶん好きなんでしょうね。

石牟礼　好きでないとおできになりませんよ。

池澤　「世界文学全集」だから、シェイクスピアやトルストイなど昔の名作が入っているのかなと思って手に取る方もいると思います。でも全然ちがう。スタンダードなものはあまり入っていない。

石牟礼　日本の読者の水準というのも大したもんですね。

池澤　いわゆるベストセラー小説に比べたら何十分の一ですけれど、それでも確実に売れている。安定した読者が付いていて、ある範囲で作った分はきちんと売れている。

石牟礼　それは驚きですね。

池澤　ぼくにすれば書評家としての信用がかかっています。「これは面白い本です」とぼくが書いて、それで読んでみて面白くなかったら、「あいつの目は信用できない」となる。そういう意味では、この全集もけっこう勇気がいります。

　翻訳しても意味がある、翻訳して他の国に持ってっても読む人がいるし、そこの人たちの役にも立つ、支えになる、知恵を付けてくれる。それが世界文学ということですね。一回読んで面白くて終わり、ではなく、いわゆる昔の名作でもない。9・11後のテロみたいな時代に、「なんで世界はこんなことになってしまったんだ、文学はそれをどう説明してくれるんだ」という問いに答えてくれる。そういう物差しで選びました。だからアメリカやイギリスやフランスみたいな大きな国だけじゃなくて、小さな国もたくさん入っています。

たとえば、ベトナム戦争について、ベトナム人作家のバオ・ニンが書いた小説『戦争の悲しみ』を入れました。戦争中の苦労の話。兵隊になってさんざんひどい目に遭い、自分もたくさん人を殺さなきゃいけなかったり、恋人と別れ別れになって、その後再会しても、二人とも戦争で心に傷を負ってるからうまくいかないという辛い話です。

　最初から方針を立てたわけでもなく、一つひとつ選んでいって、気がついたら女の人のものが多い。結局二十世紀の後半になって、女性の作家たちが良い作品を作った。それからもう一つは、今のベトナムの話もそうですけれど、かつて植民地だった土地の人のものがずいぶん入っている。その人たちは、前はペンを持っていなかったんですよ。教育もなかったし機会もなかった。そもそも出版というシステムがなかった。それがペンを持って小説を書けるようになった。言いたいことをやっと言えるようになった。そこから傑作がたくさん生まれてるんです。だから、植民地から出てきた作家と女性が多いというのは、あとになって気がついたらこの全集の一つの特色になったんですね。

　で、そこまでやっていきまして、しばらくして「日本のものはどうして入れなかったんですか」と聞かれました。「世界に通用する日本の文学はいろいろあるでしょう」とも言われた。もちろん大江健三郎さんもいるし村上春樹さんもいる。中上健次もいた。誰でもそう思うからぼくとしては敢えて入れなくてもと外してしまった。その後で、あるときふっと気がつきました。「何で石牟礼さんを入れなかったんだろう、『苦《く》海浄土《かいじょうど》』を」と。もう間に合わない。これは、けっこう悔やんでいるんです。（のちに「世界文学全集」に追加収録される）

方言でしか描けないもの

石牟礼　池澤さんはすごいですね。ベトナム語で書かれた小説を読まれるなんて。

池澤　いえ、日本語訳で読んだんですよ。今回はそれをまた全面的に改訳してもらいました。ぼくがちゃんと読めるのは日本語と英語だけです。

石牟礼　私は日本語もちゃんと読めない。

池澤　あんな文章がお書きになれるのだからいいではないですか。

石牟礼　書くのも、いつもこんなのでいいのかなと思って。

池澤　当代一の日本語ですよ。

石牟礼　方言といっても、私は九州の方言しか知らないんですけれど、私は方言を「土語」というふうには思っていません。方言を詩歌の言葉として非常に高級だと思っていて、詩《ぽえむ》の言葉として蘇らせたいという気がありました。それで『苦海浄土』の会話は、絶対、標準語では書かないぞと思っていました。水俣弁、まあ天草弁ですが、それを上質の言葉として書き直そうと思った。方言を素材にして、言葉を書き直したいと思って書いているんですね。土語でないこともないけれど、「ちょっとちがいますよ」という気持ちがあります。

池澤　先ほども言いましたが、感情を乗せるのには、やっぱり日常使っている方言のほうがいい。水俣病の真ん中にあるのは論理じゃなくて感情ですよね。みなの思いですよね。だから、あの言葉は効き目があるし、とても力がある。そして、あれぐらいの方言ならば読者だって読みとれるんですよ。というのは、地の文章で状況がわかって、そこで人が嘆いていたら、嘆きの中身は推測できますから。方言であってもわかる。そのうえで響きは聞き取れる。だから、とても効果的ですね。

石牟礼　迷いながら書いてるんですけど。「えい」と思って。たとえば、桜を指そうとしても指が曲がっているし口もかないませんから「しゃくら」としか言えない。「かかさん」とも言えなくて「ががしゃん」と言ってしまうんですね。でも、あの情況で聞くと、本当に辛いですよ。するとやっぱり言葉は美しいと思います。最近の患者の青年たち――青年と言っても五十歳前後ですけれども――を集めた集会を、この前、水俣でやりましたけれど、言葉にならないものだから、声で表現している。人間が言葉をしゃべるようになってから四万年ぐらいだって言われていますけれど、言葉にならない時代の、長い長い思いがあるわけですね。水俣病になって生まれてきて、育って五、六十年。そのあいだに言葉の歴史を全部使ってその言葉の歴史を乗り越えようとしてるような、そんな声なんですね。それで最近、声でも表現できるんだと思った。しかしこれは文字では表現できないなと思いました。

池澤　でも、文字にすれば遠くまで伝わるから。

石牟礼　はい。だからそのことを描写するよりほかない。彼らは言葉が出ない。それでも声を出したいんですよね。

池澤　伝えたい気持ちがあるわけですね。

石牟礼　はい。わかっていただけてありがとうございます。大変うれしゅうございます。

池澤　いいえ、とんでもない。ぼくもうれしくてうれしくて。さっき、「世界文学全集」の話で、元植民地と女性の作品が多いと言いましたけれど、結局は弱い側なんですよ。どっちも。弱い側にはそれなりに、みんな言いたいことがある。

石牟礼　そうですね。

池澤　それをまっすぐにスローガンにしたり、アピールしたり、ひとりよがりの嘆き節にするのではなくて、もう一つ深みを持たせて、相手に届くようにする。それが文学ですね。弱者と強者と分けてしまうと、渡れなくなるでしょう？　あっち側をあっち側にすると。そうじゃなくて、弱者として訴えながらも、向こう側を引き込むようにして、言葉が通じる場を作らなきゃいけない。『苦海浄土』がすごいと思ったのはそこなんです。患者の人たちがそうなんだと思いますが、人を突き放すんじゃなくて誘い込んでしっかり聞かせる。しかもユーモラスにね。あのあたりの喩えの面白さ。一方的に糾弾するだけだったら、それは文学じゃないですよね。

石牟礼　ありがとうございます。まあ、人間はそうあるものかもしれませんけれど、相手を糾弾して究極のところまで突き詰めるというのは、そこまでいかないうちにちょっと耐え難くなるんですね。逃げ場がないように追い詰めるというのは。そんなに突き詰めたら自分のほうが辛い。それで、自分が救済されるために思いとどまって、何かちょっと救いの手を……自分が助かりたいので、相手を赦すといいますか、そういうところがあります。

池澤　それがないと、たとえば組織の中でやっぱり互いを殺すんですよ。

石牟礼　ああ殺すんですね。

池澤　そうなんです。

石牟礼　水俣の患者さんたちは、相手を殺したくない。

池澤　それはなかなか普通の人には書けないことだった。だからそのおかげで『苦海浄土』は奥行きが増して、強くなったんだと思います。最終的に突き放すんじゃなくて、大きな輪にして話をしよう、どれほど憎んでる相手とでも対話をしよう……。

石牟礼　その自分たちの腕の中に入れたい。

池澤　受難の果ての絆つくりというか。だからぼくは『苦海浄土』をうれしく読みましたし、自分にそこまで理解できたのもうれしかった。

石牟礼　ありがとうございます。こんなに遠いところまで来ていただいて、いろいろお話しいただけて。

池澤　フランスから日本まで来ていましたから、あとはすぐですから。

石牟礼　フランス語にも、ニートの人たちとかあるんですか。泥棒さんも、フランスならフランス語で言うだろうなと思って。

池澤　罵詈罵倒の言葉もいっぱいありますよ。

味噌漬け豆腐と鞄

池澤　今回、熊本に来て石牟礼さんにお会いするのは、ぼくにとってはとても大事な意味がありました。普段はあまり作家のみなさんには会わないんですよ。変な人が多いでしょう？

石牟礼　ふふふ。

池澤　向こうもそう思うだろうし。だから、私的なつき合いはあんまりしないんですけれど、石牟礼さんには前からお目にかかりたいと思っていたから。

石牟礼　藤原書店の全集のために解説を書いていただきましたが、「まあ、こんなふうに書いていただいていいのかしら」と思って、ひたすら恐縮していました。

池澤　正直に書いただけです。でも、あの巻（『石牟礼道子全集　第二巻』、「苦海浄土　第一部・第二部」を収録）は、はっきり言えばいちばん目立つ巻でしょう？　あの解説が回ってきて「やった！」と思いましたよ。

石牟礼　ありがとうございます。

池澤　それまで、ぼくはそんなに石牟礼さんのことを「好きだ好きだ」って書きまくっていたわけじゃなかったんだけど、編集部はよくぼくを選んでくれたと思いました。

石牟礼　今夜は熊本にお泊まりでございますか？

池澤　はい、熊本です。おととい来まして、阿蘇の街を見ました。ちょっと用があってあすには移動しますけれど、また熊本には来るだろうと思います。

石牟礼　はい、お待ちいたしております。ちょっとお待ちくださいね。熊本には味噌漬け豆腐という美味しいものがあるんですよ。泉屋という店で作っている豆腐です。冷蔵庫に入れているので、ちょっと持ってきますね。これは味噌のなかに豆腐を漬け込んであるんですけれど、こんな暑いときは、膨張しまして、ぱーんとまん丸くなる。びっくりされると思いますよ。ある人にお土産に差し上げたら、まん丸になっちゃって、「どうしましょう」って言ってましたよ。東京の人でしたね。それで驚きになると思って。

池澤　いや、一つなら荷物になりません。

石牟礼　今日は一つですが、冬になったらいくつかお送りしますね。まん丸くならないようになったら。今日明日中に冷蔵庫にお入れになってくださいね。荷物になりますか？　すみませんね。荷物増えてすみません。

池澤　いいえ。そのための大きな鞄なので。

石牟礼　今日は本当にわざわざ遠いところまでおいでくださいまして、おもてなしもできなくてすみません。

池澤　でも、お元気そうで何よりです。

石牟礼　パーキンソン病にかかってるんですよ。鍼《はり》をしたり漢方薬を飲んだり、いろいろやっておりますけれど、徐々に進行すると言われています。まだお話ができますけれど、そのうちお話しできなくなったら、方言、それこそ方言で。ふふふ。

池澤　その前にまた。

石牟礼　はい。

初出／「言葉にならない声」『Coyote』No. 31 October 2008　スイッチ・パブリッシング

2012年5月19日

幻楽始終奏

（二〇〇九年に石牟礼が大腿骨を骨折したときの話をする）

石牟礼　蝶のフワフワですね。

池澤　魂は蝶です。沖縄では。

石牟礼　思い返すとそのフワフワは、どこか細胞単位の太古の元祖に近いものになって、太古の森の中にいるんですよ。水俣の茂道《もどう》という漁村に大変似ていましたけれども。片方が海辺で。森の枝にとまっている。そして、とてもいい音楽が聞こえる。海風がその森を演奏しているんです。見ると、空いっぱいにいろんな葉っぱが繋っているんですね。巨木たちが。そして、そこにフワフワの私が、蝶の姿は見えないんですけれど、感じで蝶のようなものだと思っている。元祖細胞に近い。それでその音楽はというと、言葉や文字ではそんな大昔から今日までのことをとても描写できないので、音楽になって。

池澤　言葉果つるところですね。

石牟礼　はい。それで、それはとてもいい音楽です。弦の音ですね。

池澤　憶えていらっしゃいますか？

石牟礼　その主題音は憶えていない。楽譜を採譜できる能力があれば書いておきましたけれど、そんな能力ないんですよね。

池澤　ハミングで録音しておけばよかった。

石牟礼　しておきたかったですけどね。あの音楽はよかったです。人類史、生物の歴史みたいな。いろいろあったでしょうから、それを遡って聞いてきました。

池澤　聴こえるんですね。

石牟礼　聴こえるんです。目がさめるときとか、眠りに入るときとか、ものを考え始めるときとか、その音楽が必ず鳴る。それに「幻楽始終奏」と名前をつけて。

池澤　ああ、なるほど。それは何なんでしょう。石牟礼さんの特別な力なのかな。

石牟礼　もう一度この世に送り出してくれる。

池澤　「もう帰りなさい」って？

石牟礼　それから、「こういうことがあったんだよ」ということを説明している音楽。だけど、それを文字では表現できないんですね、言葉では。

池澤　すごい話だな。

丸い言葉と四角い言葉

池澤　伊藤比呂美さんが『歎異抄』の本（伊藤比呂美『たどたどしく声に出して読む歎異抄』ぷねうま舎）を出されたでしょう。あれを感心して読んでいて、うまいなというのとちがって、何か、自分の暮らしや苦労や思いと『歎異抄』とがうまく絡みあっている。何よりも翻訳の文章がよくて。

　そのあとで、鶴見和子さんと石牟礼さんの対談の本（『言葉果つるところ』藤原書店）を読んで、この中で柳田国男が言った「丸い言葉と四角い言葉」という言い方がありますでしょう。「丸い言葉」というのは、普通の人たちが使っている、暮らしの感じの出ている言葉。「四角い」というのはインテリさんたちや官僚が偉そうに使う言葉で、明治からあとずっと日本は「四角い言葉」の人たちが威張って世の中を引っ張ってきて、その挙げ句の果てがたとえばチッソだったりする。伊藤比呂美のあの翻訳、やっぱり彼女は「丸い言葉」を持っているんですよね。

石牟礼　そうですね。

池澤　東京のべらんめえ口調だけれども、でも、ちゃんと詩人としての伊藤比呂美の言葉は丸いんですよ。

石牟礼　はい。

池澤　それから考えてみたら、自分の場合はそれがないなということをしみじみ感じてね。

　何かこのところ、何なんだろうな、なんにも自分ができていないという気がしてね。たとえば石牟礼さんの『苦海浄土』を昔読んで、わかったつもりになって藤原書店の全集の解説を書きました。そのあとで渡辺京二さんのお書きになったものを読んで、いちばん大事なところがスポッと抜けていた。つまり、ノンフィクションと小説の関係。そんな大事なことを見落として自分は何を読んでいたんだろうと思って、そこのところを改めて勉強して、「世界文学全集」の月報を書いたりして。

　つまり、石牟礼さんを理解しようと思って一生懸命やっているんだけれども、渡辺京二さんがいらっしゃらなかったら、そこはたぶんわからずじまいだった。いわゆる公害の告発という理解から何歩も前に出られなかったと思うんですよ。今回、しばらく前から鶴見さんとの対談を読んでいて、これもまたショックで。石牟礼さんの中のいちばん大事なところを全然見えないままにやってきたと思って、考え込んでいましてね。

　その考え込んでいるのは、そのまま、自分には「四角い言葉」しかない、と。つまり、魂の問題は扱えない。結局のところは聞きかじったことを並べて、知識はあるかもしれない。知識というのはあんまり意味がなくて、それを並べてそれらしいものを書いてきただけなんじゃないか。つまり、人の心の問題とか、それから人と人の仲のこととか、それこそ「四角い言葉」で言えば近代化でなくしてしまったもの、あるいは見えなくなったもののことはなんにも扱えないまま、文学ごっこをしてきた。

石牟礼　そんなにまでおっしゃらなくてよろしいですよ。

池澤　でも何か、ひどくがさつな、機械みたいなものじゃないかと思ってね。自分が。

石牟礼　ああ、もう恐縮。そんなに私は……。私は単なる田舎者で、何というか……。

池澤　これは石牟礼さんを褒めるために自分を貶《けな》しているのではなくて、正直な話、こういうものが文学だとしたら、あるいは人間だとしたら、生きるということだとしたら、おまえは何をやってきたんだ、というのが一つ。それから、ぼくを含めて、たいていのやつはぼくみたいなやつだ。いまは。

石牟礼　ふふふ。

池澤　それがつまり、この行き詰まりであり、近代化の果てであり、みんなが困り果てている理由じゃないか。だから、自分が特別バカだというんじゃないんです。みんなバカの中の一人なんだけれども（笑）、でも、これじゃだめだよな、と。たとえば石牟礼さんが、「このままで行って壊れてしまうかもしれないけれども、それは壊れるしかないですね」と、突っぱねておっしゃるでしょう？

石牟礼　はい。

池澤　それは……。

石牟礼　いや、考えつかないもんですからね。考えつきたいけど、考えつかないんですよね。どう言えばいいんだろうと思って、いまも考えていますけど、どうもうまく言葉にならない。みんなで考えなきゃいけないんだけど、一人の力ではとても考えられない。お互いに見つけあわなきゃと思っているんですけれども、お互いをつくるのに時間がかかり過ぎて。

池澤　そうですね。

石牟礼　はい。もう間に合わないんじゃないか。しかし、息があるあいだに何か一つでも考えつきたい。この行き詰まりを何とか。各方面で全部行き詰まっていますね。言葉の問題がありますね。共通語を見つけ出したいけれども、言葉が変質してしまっている。それで、文学者の役目というのは大きいと思うんですけれども。比呂美ちゃんがお経を翻訳し始めてから、これは壮挙だなと思って応援を送っているんですね。

池澤　ぼくもそうなんですけどね。

石牟礼　比呂美ちゃんの『歎異抄』はベストセラーになるんじゃないかと思いましたけど、そうでもないみたいですね。

池澤　あれがベストセラーになるんだったら、まだ救われるんですよ。

石牟礼　まだ救われますけど、なかなか……。ちょっと空白が長過ぎましたね。昔は仏教の、いま古典になっているお経の文句をみんな唱えて。私も一時はお寺にお世話になっていて、いくらか読めるお経があるんですけれども、意味はまだわからない。よくぞ比呂美ちゃんががんばってやってくれたと思います。

池澤　声もいいですしね。

石牟礼　声もいいですね。

池澤　ぼくは、東京の駒場で、三か月ぐらい前かな、もうちょっと前かな、彼女のお経、和訳、現代語訳を読んだのを聴いて、「すごい」「すごい」と言って……それにつけてもと、また自分に返ってきて（笑）。アニミズムと仏教と、しかも天草だったらキリスト教までが融合して、集合してですか、あれは何かとてもやさしくて、わかりやすくて、気持ちがよかったです。どうしても宗教というのは、一つ看板を出すと、それ以外を全部排除してしまうように見えますでしょう。でも、そうじゃないんだ、と。宗教があって人がそこに入るんじゃなくて、人の中に宗教が入ってくるんだから、いくつものものが入ってきても、中で一つになる。心は一つだから。そういうことがたとえば鶴見さんとのご本の中で書いてあって、そういうような一つひとつが、「そうだったんだ」といちいち腑に落ちて、それにしても、そんなこともわからないで何をやってきたのか、と思ってね。

悶え神

池澤　東北の災害がありましたでしょう。あれからよくあちらに行っているんですけど、やっぱりとても無力だと思うんですよ。何もできない。行ってお手伝いの真似でもすればいいんだけれども、それももうやめてしまった。ただ行って、あの壊れてしまった土地をうろうろ歩き回って、何人か向こうにいる友達のところに顔を出して、「そのあとどうした？」と言って。そうしたら、たとえば行方不明だったお父さんが見つかったとか。亡くなっていたんですけれども、もちろん。「何か決着がつきました」というような話を聞いたりしながら走り回って、やっぱり何の役にも立っていないと思いながら帰ってくる。でもまあ、たぶん行くことだけで何かになっているのかな、とかね。

つまり、ぼくにとっては行かないでは済まないんです。気になってしょうがなくて。行って何ができるでもない。ああ、少しは瓦礫が整理できたかなとか。がらんとして。山が紅葉になって、あれから半年経ったんだとか、それぐらいのことしかないんだけど、そうやって行って、帰って来て、それ全体で何もできないということをよく考えていましてね。

もちろんそれについては、政府が何もしないとか電力会社がどうとか、そういう誰かを批判したり非難したり、もうちょっと何とかならないかと訴えたりする、そういう文章は出てきます。だけれども、もっといちばん根っこのところで、人があれだけ亡くなった。二万人がいなくなった。それも、考えてみれば準備のない死なんですよね。人はいろいろな形で亡くなるし、全部が全部大往生ではない。でもまあ、少しはその日に向かって準備の余裕があったり、覚悟があったり、それで死ぬのがこわいと思ったままで逝かれる方もいれば、これでいいんだと思って亡くなる人もいるでしょうけど、普通はある程度余裕があって、周りもそれを受け取る準備段階がある。もう歳だからあの人は亡くなる、せいぜい看病してあげよう、と。ところがこのあいだみたいなときは、五分前までそんなこと考えもしなかった人たちが、いきなり人生の半ばで亡くなるわけです。それは、どうしようもないですよね。

東北に何度も行って、いろいろなことを考えるんですけれども、最終的にぼくの中でだんだん残ってきたいちばん大きい問題は、突然人生の途中で亡くなってしまった人たちはどうなるんだろうということで、これは答えの出しようもないし、ただ何か考えているのかな……思っているんですね、どうなるんだろう、と。だから、そういうときは石牟礼さんのお顔を見て、話をうかがいに来るのがいいと思って（笑）。

石牟礼　私は、ただおろおろするだけなんですね。結論を出せないですよね。結論を出せないまま、どんな場合でもおろおろして。水俣地方には「悶《もだ》え神《がみ》」という言い方があるし、それから「高漂浪《たかざれき》の癖のひっついた」と。最近は言葉が新しくなって、「あの子は鉄砲玉と同じ」と。撃ったら、どこへ行ったやら。ポンとやって、どこへ行ったやら、帰って来ない。鉄砲玉と同じ。そういう言葉を比べてみるんですけど、「鉄砲玉と同じ」というのと「悶え神」というのと、「高漂浪の癖がひっついた」とか「魂がどこかに行ってしもうた」、いろいろありますけれども、言葉は風情がなくなったなと思って。「鉄砲玉と同じ」では。言葉は退化していきます。

池澤　「悶え神」はいい言葉ですね。

石牟礼　「悶え神」がいいですね。

池澤　人なのに、もうすでに悶えることで神さまになってしまったんですね。そのときは。

石牟礼　はい。そういう世の中になっていますもの。ところが、田舎の人間は近代化に遅れて、生き方が下手というか、極めて非合理的な生き方しかできない者たちが田舎、故郷に取り残されていて、都会に近くなると鉄砲玉のように帰って来ない。

池澤　みんな帰って来ないんですかね。

石牟礼　そうやって、どこかで幸せに生きているかもしれないし、非業の最期を遂げたのかもしれないし、わからない。田舎から見れば、近代化の行く末というのは鉄砲玉と同じですよね。

池澤　どこへ行ってしまうかわからない。

石牟礼　どこへ行ってしまったかわからない。呼び返すのも、どの方角に向かって呼び返せばいいのかわからない。そういうときに田舎のほうでは、自分の身を処しきれない者たちがたくさん、にわかにお寺に集まってお経を上げたりする。お経の内容はさっぱりわからないけれども、何か唱えごとをしたいと、声を出して「きみょうむりょうじゅにょらい……」なんて言っている。比呂美ちゃんは、よくそこをとらえたなと思って。だけれども伝法肌でしょう、一種の。

池澤　そうそう。巣鴨、とげ抜き地蔵ですからね（伊藤比呂美『とげ抜き新巣鴨地蔵縁起』）。

石牟礼　はい。しかし江戸っ子の中に――江戸っ子の末ですよね、いま。末の中に何か甦りへの願望が出てきたというのは、面白いなと思っていますけど。

池澤　行き詰まったんでしょうね。

石牟礼　行き詰まったんですね。

池澤　ぼくなんかも行き詰まっているんですよ（笑）。

石牟礼　ふふふ。

池澤　気の利いたことを言っていれば世は渡れるけれども、それが何なんだよ、って。

領収書

石牟礼　水俣のことも、救済の方法として特別措置法というのができまして。でもあれは救済法ではなくて、これ以上水俣病を名乗るなということなんですよね。水俣病を申請しないならば、そして裁判を下りたならば、二百十万円あげるから名乗り出なさい、と広く呼びかけて、しかし、それに条件をつけて。

池澤　しかも、日にちを限って。

石牟礼　そう、日にちを限って。不知火海《しらぬいかい》というのがある、あるいは有明海というのがあります。水俣から、チッソから出した水銀の量というのは、チッソが隠しているだけで、実体はあるわけですね。その実体の証明として体の悪い人がどんどん出てきて、いま三十代にまで出てきている。水俣の向こう岸の天草からも名乗り出始めていて、水俣市の中でもどんどん、いまも名乗り出ている人たちがいるんですけれども、証明をしろと言うんですね。魚屋さんからいつ、どのくらい買ったか、領収書を出せって、そんな、お魚屋さんから毎日のおかずを買うのに。いまはスーパーなんかで買うと領収書をくれますよね。でもそのころは魚屋さんが天秤棒で担《かつ》いできて、「ちきり」という秤を吊って、おもりで量っていました。何十匹もの魚を一日扱うわけでしょう。魚屋さんはいちいち手を洗って量りませんから、領収書なんか書けるものですか。その証明書がないと認めないというわけですよ。

　山間部からも水俣病が出始めています。山野《やまの》線という小さな線路がありまして、担ぎ屋さんの列車です。昔、私は自分がやっていたからわかるんですけど、その電車に乗って大口という鹿児島県の北のほうの町へ行きますと、びっくりするほど広い穀倉地帯があるんです。桜島大根のこんな大きなのが植えてあったりして、あれを一本引っこ抜くと、肩に担いでこなきゃいけないくらいの大きな大根。そんなとても広い広い、水俣よりも広い穀倉地帯目指して担ぎ屋さんが担いでいく。担ぎ屋さんというのは、イワシを持っていって、それと引き換えに闇米を穀倉地帯から持って来るんですよ。それを私はやっていたんです。

だけど私は商売が下手で、魚を持って行くんですけど、「換えてください」と言い切らん(笑)。それで仲間のおばさんたちが、「道子さん、何しとっと。どら、貸せな」と言って、私の持っていたイワシ籠を持って、たちまちのうちに米と換えてくれて、「道子さんは商売しきらんけん、番ばしとんなはいまっせ」って、換えてもらったお米をここに置いておくから、巡査さんが来たら頭を掻く真似をしろって、そういう番をする係。巡査さんに見つかると持っていかれるんですよ、せっかく獲得したのに。それを持って帰って、闇米を売って。そういう大集団が水俣にいました。

そのときに魚を配った方たちが、いま水俣病のことで山間部から名乗り出ておられますよ。担ぎ屋さんにはそれぞれにお得意さまがあって。たぶんそこの人たちが発病しているんですよ。

池澤　それは担ぎ屋で持っていったお魚を食べたから?

石牟礼　でしょうと思います。お店なんかございませんでしたもん、当時は。魚屋さんなんてありませんでした。

池澤　石牟礼さんが運んだ魚がどういう魚だったかも知らなかったわけですね。

石牟礼　と思いますね。

池澤　食べたものの証明なんてできないでしょう。

石牟礼　できないですよ。第一、その条文をつくった人たちだって、「おまえさんのお母さんの時代から何を食べていたか証明しろ」って、答えができるんでしょうかね。

池澤　ひどい話ですね。

石牟礼　ひどい話ですよ。領収書なんてないです。もちろん。

池澤　そこで領収書なんていう理屈が出てくるところが不思議なんだな。

石牟礼　「霞が関」って言うけど、霞が関の官僚の頭で考えた。

池澤　それはつまり、いかに患者さんを増やさないかということだけでしょう。

石牟礼　それと、そういう交渉を始めることを「和解が始まった」と言って、お金を二百十万円あげたことで「救済した」という言葉を法文の中に使っていますよ。何という表現だろうと思いますね。「救済した」とか「和解した」とか。

池澤　言葉さえなくて、お金しかないんですよね。

石牟礼　はい。

池澤　それこそ「ごめんなさい」の言葉もないし、「みなさん大変でしょう」の言葉もないし。

石牟礼　「どのくらい苦労なさいましたでしょうかね」という、ねぎらいの言葉一つない。法律でそれを決める。何か脅かしているんですよ。

池澤　沖縄の基地も同じですよ。お金なら出てくる。どうせ自分のお金じゃないんですから。税金なんですから、配っているだけでしょう。これだけ渡すからおとなしくしていなさい、と。それが国なんですかね。

石牟礼　それで、日本人の道義の下落を証明するような、一つの国の法律がその手本みたいに道義がまるでない、抜け落ちた条文を、よくも恥ずかしげもなく、これが水俣病救済の法律でございます、って。

池澤　「救済」というのが責任をとっていない言い方ですよね。

石牟礼　はい。

池澤　第三者なら救済できるけれども、当人なんだから、まず謝罪ですよね。

石牟礼　謝罪です。

池澤　謝罪と弁償でしょう。

石牟礼　そうです。

池澤　よくないことが起こったなら。弁償とか弁済ならともかく、救済というのはあたかも善意で助けてあげるみたいな、その思い上がりがありますでしょう。

石牟礼　はい。それに気がつかない。平気で使っている。

池澤　まるで台風の被害者みたいにね。でも、台風じゃなくて、チッソですよね。

石牟礼　はい。

池澤　福島でも、津波じゃなくて東電ですと。同じことになるんですけれどもね。

池澤　ぼくね、石牟礼さんの書かれたものを読んでいて、たとえば『あやとりの記』でも『椿の海の記』でも、鶴見さんとの話で言うとアニミズムで、なぜ「みっちん」があんなに自然の中の虫や草や風や小さな動物と行き来ができたのかな、なぜ自分にはそれはなかったのかな、と考えていてね。まず、そのために使った時間がちがうなと思ったんですよ、早い話が。

　人は何か熱心にやっていれば、それについてうまくなるというか、できるようになるもので、だからぼくは本を読んでいました。六歳まで帯広にいたんですけれども、そのころはまだ自然がそばにあった。たとえば夏になって、帯広でも暑くなって、クローバーがきれいな花を咲かせる。匂いもいいし、そのクローバーの中に坐り込んで遊んでいたなんていうことは憶えているんですよね。でも、そのあとは東京に来てしまったし。東京だって少しは川にバチャバチャ入って遊んだりしたんですけど、でも、それに比べたら本を読んでいる時間のほうが圧倒的に多かったから、読むのは少し上手になる。でも、「みっちん」みたいに毎日山学校して、山へ行って川へ行って海へ行って、ずっとそのモノたちとつき合っていたわけでしょう。それは、鋭敏になるというか、その人たち、山の人たち、モノたちと仲良くなれるというか、とけあえることになるだろうな、と。

　そのほかに相性もあるんでしょうね。やっぱり好きであるとか。そういうものが。それこそ貝がそこに一匹いるのを見るだけで、その貝と通い合うことができる。それは、かけた時間がちがうからしかたがないというか、自分の場合はそういう場所はなかったなと思ったりもするんですけど、じゃそれを奪ったのは何なんだ。結局、町をつくったのがいけないのかしら。「田舎者」とおっしゃったけれども、田舎ならまだあるわけですよ。そちらに目を開いて、それが面白くてしかたがないと思って暮らしていれば、詳しくなるし、親しくなる。それから、知識とかじゃなくて、心が半分そっちのほうに行ってしまう。そういうことはできなかったなと、しみじみ考えていましてね。

　これも、考えるだけで、何の結論もない。ただ、みんながそうやって自然から遠くなって。「自然」という言葉でまとめてしまうのだってずいぶんよくないことで、そのためにたとえば『椿の海の記』を読むわけですよ。一人の女の子がそこにいるんだけれども、その川辺に立っているんだけれども、もうほとんど向こう側に行ってしまっている。その姿をぼくは羨ましいなと思って、こっち側から見ている。何か、そういう図式から出られなくなりましてね。

石牟礼　もっと小さいときにお会いすればよかったですね（笑）。

池澤　そう。この辺に来て、育ててもらえばよかった（笑）。ただ、ぼく自身について、そういうできないこと、知らないことばっかりだったなと思う一方で、いまはもっとひどいことになっているし、もっと遠くなっているし。

石牟礼　はい。

池澤　だから、最初に申しあげたことと同じで、これはぼく自身の、反省でもないな、嘆きであるだけじゃなくて、みんなの嘆きを代表しているような気がするんです。石牟礼さんのほうが、「みっちん」のほうが本来の姿であるんだけれども、その数があまりにも少なくなってしまったから、ぼくたちは行き先を見つけられなくて当惑している。当惑ですね。

石牟礼　当惑していますよ、私も。これから先どうなるんだろうと思って。これから先の人々は、どうやって自分がちゃんと生きたと、それは世俗的な回想とかそんなんじゃなくて、何か呼吸を交わす対象がどんどん遠ざかって、このくらい一呼吸しなければいけないのを、このぐらいしか呼吸ができない。

　私が『苦海浄土』をいつどうして思い立って書いたかというのを渡辺京二さんから聞かれて、「一度もそれは言ったことがないから、いまのうちに言っておきなさい」と言われて、考えようとするんですけれど、これがまた私は、今日が千九百何十何年で何月の何日だという考えは一度もないんですよ。何かするのに。それで、「それは何年ごろのことですか？」と渡辺さんから質問を受けるんですけれども、何年ごろか全然基準がない。自分が生きていたときの、何かの小さな事件に遭ったり、自分が何かやらかしたりしたときに、年月が完全にないんです。それでとても困っていまして、本当の野生というか、野生的なというんじゃなくて野生ものとして生きてきたんだと、このごろつくづく思いまして、いわゆる知性というのは、かけらもない。ただ動物的な意味で、動物が生きてきたように生きるのも生命活動の中に入れるとすれば、私は一匹の野生である、と。一本の草、一匹のナメクジと言ったらいいんでしょうか。ナメクジはちょっとあれですけど（笑）。

池澤　それはやっぱり、草の中に立っているときに自分と周りの草の区別がつかなくて、とけ込んでいるわけでしょう。

石牟礼　はい。とけ込んでいます。

池澤　風が吹いてこう揺れたら草が揺れている。自分という草が揺れていると思えるわけでしょう。

石牟礼　思います。自分の祖《おや》は草だと思ったりする。

池澤　たぶん石牟礼さんは珍しい生き残りなんですよね、きっと。もっと前の時代、もっとみんなそうだったんじゃないかと思うんです。数は数えなくてよくて。

石牟礼　数がまた、だめで。もう、数が出てくると、だめ。

池澤　だから、数は知らなくていいんですよ。

石牟礼　記憶がなくなったとき、森が海から演奏されていると思ったときに、草の声のようなのが聞こえるんですね。草がそよいでいる。それは私の親たちの、親族たちの、感性のいちばん極まったときの感情を演奏されていると思っています。それを「草の祖《おや》」と名づけました。草の祖《おや》の声を細胞の元祖でもある私が聞いて、演奏されていると思いましたね。そして歌っているんですね、私も。空に浮かんだいろんな木々たちの葉っぱ、葉っぱが。葉っぱの声が微妙に全部聞こえるんです。

池澤　本当にきれいで、懐かしいですね、その情景というのは。

石牟礼　その音楽を——音楽と言っていいのか、自分が演奏されている。その長い歴史。

池澤　長い歴史は年号のない歴史で、ただ昔へ向かってずっと積み上がっていく。重なっていく。上っていくんですよね。

石牟礼　はい。

池澤　やっぱり一人ひとりを立て過ぎているんだな、いま。そういう長いつながりと鎖みたいなものの一つの輪である自分という感じがなくて、前の世代とも次の世代とも切れてしまっていて、一個の私として頑としてここにあるという顔ばっかりが前に出てくるでしょう。ぼくなんか、まさにそれをやっているわけでね。それが、じゃ何なんだといったん疑いを持つと、とても困りますね。

石牟礼　疑いを持つと困りますね。疑わない。こういう世界だと思って、疑わないんですよ。

池澤　疑っていると、「あの人はおかしい人だ」と言われるから。

石牟礼　疑う人は頭のいい人ですよ。

池澤　でも、心の問題ですよね。だから、自分は「魂」という言葉が使えるかどうかね。魂というのは、一人に一個じゃなくて、もっと何か……。

石牟礼　ご先祖さまがいっぱい入っていますよね。

池澤　つながっているでしょ？　縦にも横にも。

石牟礼　はい。縦にも横にも。

池澤　それが自分においていちばん色が濃くなっているところが自分の魂であって、でも閉じたカプセルじゃないですよね。

石牟礼　ええ。

池澤　それがわかっていると、何というんだろうな、死ぬのもまだ楽なのかな、と。つまり、そっちへ引き取ってもらうんだから。ご先祖さまたちや、山の霊や何かに。さびしくないのかな、やっぱりさびしいのかなと考えたんですけどね。どこへ行くんでしょうね、死んだら。

石牟礼　死んだら、私のこの前の記憶喪失だったときの、あんな世界へ行くんじゃないでしょうか。もとの元祖細胞、祖《おや》さまのところへ行くんじゃないでしょうか。

池澤　それは誰にでも見えるのかしら。

石牟礼　見えるんじゃないでしょうか。

池澤　それならばいいけど、死んだあとでも能力の差が出て、だめな死に方と……。それはでも、地獄と極楽かもしれない。ちゃんと何か自分が所属しているというか、引き取ってもらえる相手があって、安心してそっちへ行けるのならいいけれども、「君は何もわかっていないから、だめ」と言われて一人で放り出されて、すごくさびしかったりしたら、つらいですよね(笑)。

石牟礼　草の中に入る、その草が危ないですよ、いまは。草の中に入れば安らぐと思うんですけれど。いま、海岸も全部だめになっていきよります。さっき貝の話をなさいましたけれども、防波堤をつくってしまいましたよね、セメントで。防波堤から取り残されたところへ行けば、いまでもまだ残っていますけれども。丸かったりグルグル回っている貝もおります。一つの岩のそばに行けば、何百種類もの貝たちが、海草が、岩についているんです。それを一つひとつ見て、採りたくなったら採ったり。小さいときは海辺によく一人で行っていましたから。たくさんの種類の貝たちがいます。人が来たのを察知して、コロンコロンと転げて落ちたりして。何か発信しているんですよね。そこら辺の貝たちが、ざわめきます。「人間が来たよ」と言っているのか、何か発信している、こんな小さな丸い貝が。コロンコロンコロンと岩から逃げるんですよ。それを拾い集めて持って帰って、茹でて食べちゃったりするんですけれど（笑）。あの貝たちは原初の姿をまだ保っていると思う。そんなに変化していないだろうと思います。「原始採集漁民」とか言うでしょう？　太古の人たちは、たいした労働もしないで、あんなものを拾い集めて食べて生きてきたんじゃないでしょうかね。貝たちは、ちっとも近代的にならないで。姿も、生き方も。

池澤　そう。学者に言わせると狩猟採集民は一日の半分以上遊んでいたって。ゴロゴロして。

石牟礼　「磯遊び」という言葉がいまもありますけれども、貝たちを採りに行って、とても楽しいんですよ。「磯遊び」という言葉のように、遊びに行くんです。そしてついでに採ってくる。それを楽しんでおかずにしたり、ご飯に入れてまぜて食べたりして。あんなのがあれば、何も働かなくていいですよ。

池澤　もう何十年も前に伊豆の海に遊びに行って、砂じゃなくて岩のところに行ったら、こんな小さな魚が、シコイワシかな、たくさんピチピチ跳ねて陸《おか》に飛んでくるんですよ。群れでいたら、何か大きな魚が来たので慌てて逃げようとして。それを麦わら帽子にどんどん拾って、そのままその辺で火をおこして、鉄板の上で炙《あぶ》って食べて「おいしいね」って。そんなものですよね。

石牟礼　そんなものですよ。

池澤　いまでもいるのかな、あの魚。たくさん持って砂浜にいた親たちのところに行ったら「どうしたんだ?」と言うから、「きっと大きな魚に追われて跳ね上がったんだよ」と言ったら、「その大きな魚をとってくればよかったのに」と言われて（笑）。それを、特別な遊びとしてわざわざ海辺に行ってやるんじゃなくて、毎日そんなことをしていて済んでいたんだったらよかったな、と。

石牟礼　よかったなぁと思います。

池澤　そのかわり、どこかでオオカミにつかまって食べられても文句は言わない。お互いさまだから。

石牟礼　はい。

池澤　ずいぶん遠くへ来てしまったんですよね、そのころから。

石牟礼　そうですね。

魂に押されて

池澤　最初に水俣病のことを書かなければと思われたのは、時期はともかく、そう思われたときのことは憶えていらっしゃるわけですか。

石牟礼　それは憶えていますね。

池澤　それはご自分の中から湧いたものなのか、それとも患者さんたちの現状を見て……。

石牟礼　見たんですね。お会いしたんですよ。息子が小学四年生のときに結核になりまして。それで入院しましたので、毎日世話をしに病院に出かけていました。その結核病棟の隣に、当時「奇病病棟」と言われる病棟ができました。結核病棟の人たちは、付き添いも含めてみんな、何だろうと思って見ていました。その病棟の屋上を何人かの人が行ったり来たりし始めたんです。夕方必ず。その歩き方が、異様に体の傾き方がちがうんです。普通に歩けない。発作が出てツツツツーッと走る人もいたり、ヨロヨロッとしては傾き傾きして歩く人がいたり。

　その中に包帯をしていらっしゃる方がいたんです、顔中に。よっぽど大怪我をしなさった人ばいなと思って見ていますと、目のところは包帯が開けてあるらしい。みんな注目して、「なんだあの人は。どうしてあそこば、あんなふうに歩いていらっしゃるんだろう」と、話題になりますよね。そのうちに、チッソに行っていた人だそうだ、硝酸係だったそうだ、と。

　チッソに行く人を「会社ゆき」と言っていましたけれども、市民たちにはよくわからない、硝酸係、酢酸係、硫安係、無水酢酸係、カーバイド係とか、そういう名前で係の名が呼ばれていて、「今度あの人はカーバイド係になったそうだ」と。私の弟はカーバイド係。私が嫁に行った家は親や兄弟を含めて四人がチッソに行っていて、父親の弟が一人チッソに行っていて。

　そういう状況で、あの人は硝酸係で硝酸を頭からかぶんなさったそうだ、と。それで、治ったのは治ったけれども、顔がケロイド状になって、本当は大変な美男子だったのに、いまは見られたものじゃない、それで会社にいられなくて辞めて、退職金で釣舟を買って海にばっかり行きよんなさったら、奇病になった、と。屋上に出られるのは必ず夕方。あんまり明るいうちは歩きなさらん。

池澤　二重の受難ですね。硝酸を浴びたことと、水俣病になったこと。

石牟礼　そうです。硝酸を浴びたもので舟を買って沖にばっかり行きよんなさったら奇病になりなさったと、その話で持ち切りなんです。

　それで、何か胸騒ぎがしましてね。弟はカーバイド係でしょう。弟は私のことを「姉女《あねじょ》」と言っていましたが、「姉女《あねじょ》、カーバイド係はえらいよかごつ言われとるばってん、地獄ぞ」と言っていました。もっと詳しく聞いておけばよかったんですけど。そして、「会社ゆきさんたちは、みんな下着を毎日取り替えている」と。「下着だけはきれいにして行っとかんと、いつ事故に遭うかわからん」ということも日常話していました。事故があるとウウーッと会社のサイレンが鳴りまして、「あら、事故があったばい」と市民は思うわけですね。そういう町だったんです。

　それで、何しろその人の姿が気になるものですから、院長さんに申し込んで、「私、息子がお世話になっていますけど、隣の奇病病棟の方々にお見舞いに行ってよろしいですか」と。私としては普段そういうことはないんですけれども。とくにお願いして、お見舞いに行ったんですね。お花を持って。何かお見舞いに持って行きたかったですけれども、初めてですし、お花がいいだろうと思って、お花を持っていちばん近い病棟のいちばん手前の病室に行きました。「いかがでございますか、おかげんは」と一口声をかけましたら、その人が、胸の上にのせていた漫画本のような週刊誌のようなものをパッと立てなさったんです。自分の顔を隠しなさった。はっとして、「あっ、悪いことをしたな」と思って視線を逸《そ》らしたら、その真新しいできたての部屋の壁に爪で引っかいた跡が千々に乱れて。爪で引っかいたということは、はっきりわかる。その壁が目に入って、すぐに「失礼いたしました」と逃げ出しました。それが最初の患者さんとの出会いです。その方は亡くなりましたけれども。隣の県――鹿児島県はすぐ隣ですので――の人で、一言もおっしゃらなかった。それで、大変なものを見たと思って、何の奇病だろうと思いましたね。何か、とてもしてはいけないことをしたような、一人の人をいきなり辱《はずかし》めて……。持っていた本をパッと立てた。その手がとてもぎこちない。いっぺんにパッと立てられなくて、とてももどかしげな手つきで立てて、顔を隠された。言われなき屈辱を、私はこの人に与えたんだと、一瞬にして思いましたね。それで、悶々として眠れなくて。一人の人を私はとても辱めたんだと思って。とても人間として恥ずかしいことをした。

池澤　でも、病気の人がいて、見ず知らずでありながら、病気であるのはつらいことだから、花を持ってお見舞いに行くというのは、よいことですよね、普通であれば。

石牟礼　よいこと……。

池澤　見ず知らずの場合は、そういうことはしないものかしら。

石牟礼　どうでしょうね。

池澤　ただ、そういう普通の日常の「よいこと」の範囲を越えるほど、向こうの方の病気は重かったというか、状況が悪かった。

石牟礼　はい。そう思いました。好奇心で行ったんじゃないかと思って。もちろん好奇心もあるんですね。それで、その人の魂が全部私の中に入り込んじゃった。

池澤　そういうふうにおっしゃる。そうだ。魂というのはそういうものなんですね。

石牟礼　はい。

池澤　それが石牟礼さんを、なかなか苦しめた。つまり、相手を苦しめてしまったという思いが、こちらに返ってきた。

石牟礼　はい。その魂に押されてずうっと来たような気がします。私が何者であるかというのも、もちろんその人は知らないし、申しわけないことをしたと思いました。

池澤　でも、その方の魂に押されて、ずっと水俣の患者さんたちとつき合って一緒に動いて東京にも行ってということと、それを文章で書いていくということはずっとつながったんですか。運動家はたくさんいますね。

石牟礼　運動家はたくさんいるんですけれども。

池澤　運動家というか、シンパサイザーもいるし。でも、それと、そうやっている自分を書く自分とは、二人いることになりますよね。

石牟礼　二人じゃなくて、一体になっているんです。

池澤　患者さんたちに手を貸そうということと、そうやって自分がやっていることや患者さんたちのことを文章で残そうということが、並行してきたわけですね。

石牟礼　はい。

池澤　ごめんなさい、何か尋問しているみたいな口調で（笑）。

石牟礼　いいえ。「書くぞー」とかいう気持ちじゃないんです。その人たちが書かせている感じがします。

池澤　一日一日は放っておけば流れていってしまって、細かいことは思い出さないかもしれない。でも、その一日ごとに値打ちがあるとしたら、それは「覚え」としてでも、ちょっと書いておいたほうがいいですよね。

石牟礼　はい。

池澤　とくに、この病気のこととなったら、事が大きいのだから、書いておいたことが、いつどこでどう役に立つかわからない。証言としても。それは、こういう症状の患者さんがこれだけいてということだけではなくて、そこに行った自分が何を感じ取ったか、それが自分をどう動かしたかということも、そうやっている自分をちょっと外から見る自分がいたら、それも記録にすべきことですよね。たぶん。

石牟礼　そうですね。

池澤　それが、でも、四十年。

石牟礼　あまりにも膨大過ぎて、苦海の中に漂っているのは私。そして海そのものでもあるんです。そういう気分ですね。

池澤　これも東北からずっと考えていたんだけれども、去年の何月だったかな、東北の、津波で壊れてしまったある町で住民集会をやって、これからのことをみんなで考えようという席に、ぼくはオブザーバーというか、見物人として、もぐり込んで坐っていたのね。いろいろなことが議題にのぼって、その中で、次の町をどこにつくるか。もう水に近いところは、あんな津波が来たらまたいっぺんに流されてしまうから、ともかく高いところ、丘の上じゃないといやだという人たちが大半なんですけれども、その中で漁師の人が、「あんな山の上なんか行ったってしょうがねぇ。仕事になんねえ。俺は海のところへ戻る。津波がたまに来るのはしかたないんだ」と言ったんです。あの直後ですから、それはとても不思議に思ったんですよ。

石牟礼　新鮮ですね。

池澤　漁民って、そういうものなのかな、と。農業に比べたら漁業のほうが博打《ばくち》性があるというか、とれるときは山ほどとれる。そうでないときは……。その部分、自然任せでしょう。それで海に近いところと思っていたんだけれども、さっきの、幼いときの「みっちん」がしょっちゅう草の中にいて、川辺にいて、海辺にいて、山の木の中を歩いていて、それで、その山や草や川や海と心が通うようになる。通うようになるというのは、これは譬《たと》えとか文学的表現じゃなくて、本当に心が半分そっちへ行っちゃっているんだと思うんです。

石牟礼　憑依《ひょうい》している。

池澤　憑依している。そうすると、海で魚をとってきた人たちも、しょっちゅう海に行って、海とつき合って、いろんな海を見ているから、その中には津波という凶暴なやつもいるけど、しかし全体として海はいいやつなんだという……。

石牟礼　一体感をもって生きているんですよね。漁民の人は海と一体になって。

池澤　「あいつがたまに暴れるのもしょうがないんだ」というぐらいの親しさがあるとしたら、津波は津波で、また海の近くに暮らすんだというのもわかるな、と。それこそ、そこで過ごした時間の量の問題だと思うんですよね。

石牟礼　はい。

池澤　ということで、去年から考えていたことが一つ納得できたんです。そんな時間がみんな、あまりなくなってしまった。

　防波堤をコンクリでつくりますね。これもこのあいだ考えていたんだけれども、コンクリートとガラスには歴史がないんですよね。混ぜちゃっているから。一つの石というのは、その石ができて何万年も経っているわけでしょう。どこへ運ばれても、割っても、その石のかけら一つには、ひょっとしたら何千万年も歴史がありますよね。模様があったら、その模様というのは何千万年か前からのですよね。でもコンクリートとガラスというのは、全部溶かしてあわせて熱を加えてしまうから、全部それが消えてしまうんです。その消えてしまった履歴のないものだけで町をつくっているんですよ。何か、それがさびしさだなと思ってね。近代の建築というものの。

石牟礼　私の父は石工でございましたから。

池澤　そうでしたね。

石牟礼　セメントのブロックができたときに、大変憎悪していました、コンクリートのブロックを。まず石工の仕事がなくなるということもありましたでしょうけど、それ以前に、加藤清正を大変尊敬していて、熊本城のあの石垣を見ろ、と。そして、「そればっかりじゃないんだぞ」と。有名な、田や畑の水が溢れないように、水がうまく行き来できるような堰《せき》をつくっているんですよ。何と言ったかな、「鼻ぐり」ですか。それをつくったんだぞと、父が言っていました。

　最近「文學界」に書きましたけれども、うちでは石山をたくさん持っていたんです。どうやって手に入れたんだろうと思いますけど、その石山をどんどん売って、祖父が一代で蕩尽《とうじん》してしまった、道をつくるために。むだなことをしたと思いますけれども。その石の木端《こっぱ》、石を刻んだあとの石の屑を「石の木端」と言っていましたが、その石の木端は隕石かもしれないと書いたんです。何か石には何千万という年月を蓄えている歴史がありますよね。それは顕微鏡で見なくても、そう言いますよね。石の木端の山というのは私の水俣の家のうしろにもあるんですけれども、石にはそういう歴史があると思う。石は見てきたという。文字の社会が凝縮している、石には。そう思います。

池澤　それがたぶん、近代は邪魔だったんです。だからコンクリにしたんですよ。

石牟礼　コンクリにしてしまいましたね。コンクリに当たる波の音というのは、全然風情がないんですよ、ドターン、ドターンと。一枚の曲折はありますけれども、当たる波はドターン一枚。ドターンという音。アシが生えていたりヨシが生えていたり、原初からの巻き貝たちがいたり、大小さまざまの岩や小石がある渚に来る波の音というのは、それを総合すれば何とも言えない波の音になります。海岸はセメントで変わってしまったんです。

池澤　沖縄のぼくの家のすぐ下の海岸が、半年ぐらい行かないで暖かくなって行ってみたら、全部コンクリになっていて、「なんでこんなことしたの？」と言って。

石牟礼　日本列島全部コンクリにしてしまったんでしょう。

池澤　もとのほうが魚がいっぱい育ったんですよね。いろいろ凹みや何かがあって、小魚が隠れられるから。

石牟礼　凹みや何かがないと、魚は……。

池澤　つるんとしてしまっていてね。でも、そのために村のあの工事業者がいくら儲けたんだという話が……。補助金というか、上から降ってくる工事でね。そのうちもう、全部コンクリになって、「今度は壊して、もとに戻すので儲けたらどうだ」とぼくは言うんだけれども。

石牟礼　どうやってもとに戻すんでしょうね。コンクリートを壊したものは、とても隕石のかけらとは思えない。日本列島全部コンクリにしてしまって、それから今度の原発のあの汚染された水を海へ流すといって、実際流しているでしょうね。それも世論が高まってだめとなったならば、その水を処理するのに、何かちょっと報道されましたけれども、やっぱりコンクリートで石の貯水池みたいなものをつくって持って来て、その汚染された水を溜めておくと言った人がいるでしょう。あれは実行されているんですかね。

池澤　実行しようとしているでしょうけど、とても間に合わないですよね。汚れた水はどんどん出てくるから。第一、「漏らしません」と言っていたのが、いったん漏らし始めたらとめどがないでしょう。溜めきれないですよ。

石牟礼　水というのは、私たちが想像するよりももっと速くたくさん流れますよね。

池澤　それから、壊れてしまっているんだから、もう塞ぎようがなかったらいくらでも山から水が入って、地下水が海へ出てきますよね。その途中で原子炉から漏れた水で地下水も汚れて出てくるわけだから、あれは本当に困ったことですね。

石牟礼　コンクリートをつくって持って来て、入れて、この日本列島をそれで囲もうとしますよね。

新たな表現

石牟礼　なぜ『苦海浄土』を書き始めたかについては渡辺京二さんにもお話ししていませんが、患者さんを見舞った、その少しあとですね。どうやって書いたのか……。半分はそのころ高群逸枝さんに興味があって、それで高群さんご夫妻にお手紙を書きましたら、書きまして間もなく逸枝さんが亡くなられたんですよ。それで、ご主人の橋本憲三先生が見に来られたんですね。私のところへ。そして、逸枝さんのお家は「森の家」と言われていましたが、「森の家」を見てほしいと言われて東京へ連れて行かれました。家族の同意を取り付けて見に行きまして、そうしましたら、これは一日、二日で見れるところじゃない。そう思っておりましたら、滞在してよろしいということだったので滞在させていただいて、三か月ぐらい。そこで『苦海浄土』の後半をところどころ――あとで一つにまとめましたけれども――書いて、「森の家」のことも書いて。あのころは元気がよかったと思います。

それと、表現の問題というのがあって、短歌に行き詰まっておりました。歌人たちの集まりに行きましても、一種の社交場みたいで、水俣のことを誰かに訴えたいのですけれども、訴える相手がいない。それで、もっぱら憲三先生に訴えていました。そうしたら「それをお書きなさいよ」とおっしゃって。「メモでもいいから、いまのうちに書きつけておかれたほうがいいです」とおっしゃってくださったもので、誰に遠慮もせずに滞在させていただいて、三分の一ぐらいは東京の「森の家」で、逸枝さんのことも含めて書き始めて。

そして、短歌でなくて、谷川雁さんともそのころ会いましたがああいう近代詩でもなくて、いちばんもとの形の言葉というのはどういうときに出てくるんだろうかと。それで、庶民の言葉でまず書いてみようと思って、何を書こうかと思ったときに、この近代百年分を全然活字で考えたことのない人たちに尋ねて、生活の言葉で百年分書くには何を書いたらよかろうかと思いました。そうすると、活字を読まない人たちが憶えている歴史というのは西南役《せいなんのえき》ではないか、と。水俣あたり、天草あたりは、通り道ですから、西南役の。それで、何もかもいっぺんに始めているんです。「西郷さんのいくさ」とおっしゃっていましたね。『苦海浄土』も『西南役伝説』も逸枝さんのことも、ほとんど同時進行でやっていました。

池澤　そういう「書く」という意思が、むくむく湧いて出る時期というのがあったんですね。

石牟礼　あったんです。

池澤　つまり、たぶんそこで石牟礼さんは、短歌でない書き言葉に改めて出合って、散文のほうが、たとえば水俣病のことだったら書きやすい、短歌にならないことが散文ならなると気がつかれて、そのときはもう心の中に書きたいことが山ほどあったわけだから、どんどん出てきたんでしょうね。

神遊び

池澤　すみません、今日はぼくが何か少し滅入っていて、滅入ったままで、むしろ滅入っているからこそ石牟礼さんのお話をうかがおうと思って来たので、景気の悪い話ばかりで。

石牟礼　いいえ。

池澤　でも、本当のところ、どうなるんだろう、どうしようという、そればっかりなんですよ。結局、死んだ人たち、たとえば死んだ子どもたちはどうなるんだろうと思ってね。いずれはどこかに行って安らぐのかなとか、親御さんたちだって、つらいですよね。そういう話はたくさんあるわけで、たくさんあって一つひとつ全部ちがう。ところが聞いている人たちは、「ああ、またその手の話か」と思っちゃうんですね。あまりたくさんあるから。でも、一人ひとりはちがうわけでしょう。子どもがちがうように。生き残った子どもたちだって、どこかでまだ怯えているし、それはそれこそ「悶え神」になるしかないですね。

　去年、ずっと北から南まで車で走ってみて、東北って歌枕がないんですよ。歌に詠まれるような地名が。いちばん北が塩釜、松島。芭蕉がずっと行きますでしょう。芭蕉は東北を回って『奥の細道』を書いたと言うんだけれども、平泉までなんですよね。その先には行っていない。というのは、芭蕉は歌枕を求めて、西行が辿ったあとを、もういっぺん辿り直している。古代の歌人たちは、その先へ行っていないんです。つまり、文化的な日本という範囲の外だったのね、岩手とか秋田とか青森というのは。北海道はもちろんそうです。だから、最初から別の土地だと思われている。それから、一宮がなかったんですよ。その国一つひとつで第一の神社というのが。これも、そんなものはつくらなくていいと思っていたらしくて。そんなことを考えながら、でも人が住んでいたんだし暮らしはあったんだと思って、本当に自分が行ってもしょうがないと思いながら、やっぱり行く。それでね、緒方正人さんがおっしゃったこと、ちょっと読んでいいですか？

石牟礼　はい。

池澤　「ここまで来るには、いろんな表に出せない、自分もそうだけれども、物語があった。村にもいろんな、受難の物語だけではなくて、人間とその風土との世界があって、村がいまも残っているということは、ずっとずっと物語の絆があったはずだ。いままではそっちのほうに気持ちを向けるゆとりがなかったけれども、人だけでなく、生きとし生けるものとの絆があった。人間と深い関わりをもって生きかわり死にかわりしてきたものたち、草木や山や海の世界があった。息づきあっていた。それを語り直すというか、それを思い出したい。そうしないと人は何のために生きて死ぬのか、思いが残り過ぎる。成仏しない」

これを見ていて、つまり東北で誰かがこれをしなきゃなんだな、と思ったんです。東北だってすっかりここと同じで変わってしまって、コンクリートになって。だから、もう伝わっていないかもしれないけれども、でも話を聞くことで、人がどうやって生きてきたか、もういっぺん言葉に戻して。言葉にできる範囲で言葉に戻して。それはぼくの任ではないかもしれないんです。ぼくは何といっても「高漂浪《たかざれき》」のほうですからね（笑）。そういう東北の根っこを誰かが、もういっぺんちゃんと固める。辿り直して。近代はともかく、それ以前にどう暮らしていたか。そういうことかなぁと思ってね。

『遠野物語』は確かに面白いんです。あれは山の中で、一つだけ海の話がありましてね。明治の三陸の大津波が来て、奥さんと三人の子どものうちの一人を亡くした男がいて、しかたがないから、残る二人の子どもと仮の小屋を建てて暮らしている。ある夜起きたら、向こうから誰か来る。ふっと見たら、自分の死んだ妻なんですよ。思わずあとをつけて、妻の名を呼ぶ。そのそばに男が一人いて、その男というのは、自分がその妻と一緒になる前に妻と言い交わした仲の男だった。前の恋人ですね。だけれども事情があって、たぶん長男と長女で婿取りや何かができなくて一緒になれないまま、自分が婿に入った。その前の恋人もこの津波で亡くなっている。だから、あの世の側で二人は一緒になっていたんですね。妻は「今はこの人と夫婦になりました」と言う。それはしかたがないと思ったのかな。「でも、残された子どもはかわいくないのか」と言ったら、本当に悲しそうな顔をして二人で向こうへ行ってしまった――という話を見つけましてね、いままた同じことが起こっているんだろうなと思って。自分の妻がそれ以前の恋人と死後の世界で一緒になっているって、不思議ですよね。

石牟礼　不思議ですね。納得できる気もします。

池澤　出会うんですよね。

石牟礼　はい。

池澤　『苦海浄土』の中に幸せだったころのことがたくさん書いてあって、それがあるからいまの苦しいことが対比される。同じように今度の震災にしても、それ以前というものがずっと前からあったはずだよな、と。

　三陸はなかなか暮らしづらいところだけれども。寒いし米はとれないし、津波は来るし、それから交通の便が悪かったですからね、とても。でもそこで、それこそ太古の蝦夷《えぞ》以来、生きてきた人たちがいたわけです。そこへ戻るのが今度の災害の納得できる道なのかなと考えて、行って誰かに訊いてみようと思っているんですけれどもね。

石牟礼　「前世のえにし」という言葉があります。この世では「えにし」はないけれども――浅い「えにし」はあるんでしょうけれども――本質的な「えにし」というのは前世にあったんだ、という考え方がありますね。

池澤　来世はどうなんですか。

石牟礼　来世はわからないですね。

池澤　現世で添えないから、来世に期待する。

石牟礼　そういう考え方もありますけれども。

池澤　なにも自分のこの心のままでなくていいから、うっすらぼんやりしたものでも、何かが次につながっていくと考えるのは、確かにうれしいことですけどね。

石牟礼　桜の花がヒラヒラヒラヒラ、盛りを過ぎて花の嵐のように散るときがありますね。そういう一種の空白が訪れるときに立っていたりすると、これは前世ではないか、この先に縁のあった人が待っているんじゃないかしらと思ったり、来世に会う人が予告に来たんじゃないかしらと思ったりするんですよ。そういうときに一種の胸のときめきみたいなものがございまして、俳句につくろうとするんですけど、これはしかしあんまり露骨すぎるなと思って。そういう願望が。

池澤　『あやとりの記』の中だったら、ぴったり入るでしょう。あの人たちは、そういうことをちゃんと感じとれる。ぼくは全くそういう感覚がないな（笑）。今日はぼく、ちょっと低迷しているんです（笑）。

石牟礼　いつもはちがうことをおっしゃいますか？

池澤　いつもは皮をかぶっていますから（笑）。世間に出て行って、それらしい顔をして、人前でしゃべったりするのは簡単なんですよ。そんなものは素材がいくつか用意してあって、それをつなげて持ってくれれば、それでできちゃうんだから。小説なんかだって、そんなものですよ。せいぜい。ぼくのは。

石牟礼　そうですか。私、あんまり小説は読まない。世の常の、はやっているというのを。

池澤　そう。たいしたものじゃないんですよ。

石牟礼　そうですか。もっと早くに本を読めばよかったけれど。

池澤　いや、読まなくていいです。それよりは草の中に立っていたほうがいいです（笑）。ぼくはいまさら変えるわけにもいかないし、惰性でやっていますけど、それを超える全然ちがうものができないかと思って、ちっともできなくて。じゃ、なぜできないかというと、やっぱり昔、草の中に立たなかったからなんですよ。

石牟礼　えっ？

池澤　草の中に立っていることが少なかったからなんです。

石牟礼　それはだけど、たまたま偶然というか必然というか、私は九州の田舎に育ちましたから。そして何よりも祖母のそばにおりましたから、おるだけでこの世と隔たっていましたので、海辺に行ったり、山に行ったり、川辺に行ったり。あんな小さかったのに、よく一人で山の中へ行ったり、海辺に一人で行ったりしていたなと思います。

池澤　そうですね。

石牟礼　はい。不思議ですね。何かに呼ばれて行ったような気がします。

池澤　山の人たち、山の神さまが「遊ぼう」と言ったんじゃないですか？

石牟礼　ふふふ。

池澤　神遊び。

石牟礼　そうですね、一種の神遊びと言ってもいいかと思います。

失われたもの

石牟礼　足の訓練と思って、こうやって上げるんですよね。

池澤　ぼくは、二月に背骨の手術をしてから、ずいぶん足の訓練をしました。やっぱり左足だけ使っていなかったから、とても弱っていて。

石牟礼　はい。弱りますね、使わないと。

池澤　だから、「きょうからもう階段を昇ってもいいですよ」と病院で言われてから、階段を昇り降りして、洗濯場に行ったり売店に行ったりして、いまはもう、ごく普通に歩けますし、どこまでも歩けるのがなかなかうれしくてね。

石牟礼　それはいいですね。

池澤　このあいだ、自転車も乗れるようになりましたし。

石牟礼　自転車は用心なさいませ。

池澤　はい。

石牟礼　ごく最近、友人が自転車に乗ろうとして足を上げたときに転倒して、こっちの肩を砕いて、それがもとで亡くなりました。

池澤　あらあら。

石牟礼　三か月ぐらい前。

池澤　気をつけます。

石牟礼　はい。気をつけてくださいませ。

池澤　きょう、なんでこんなに元気がないかという話を、いま反省会をしていましてね。やっぱり東北なんですよね。

石牟礼　はい。

池澤　東北に行って、あんなことになってしまった場所に行って、あるいは人に会って、なんにもできない。つまり、その場その場で役に立つ慰めの言葉なんていうものがあるわけはないわけで、だから、たとえばの話、『椿の海の記』のような歴史、東北の人たちのずっと暮らしてきたあとに照らし合わせて今度のことを見るならば、津波は前にもあったし、あるいは代々生きてきた人たちの子の一人として亡くなった。言ってみれば、その魂が半分は海にとけ、半分は山にとけ、あたりに広がった。形が変わったけれども、そういうふうにして帰ったということが、もしも言葉を連ねることで納得できるんだったら、それは一つの救いだろうと思います。でも、その力がとてもぼくにはないし、それでさっきの『遠野物語』の話なんかになったんですけれども、そういうことをグルグルめぐっているから、いまは元気がない。

　そういうことに対して、ぼくがずっと重ねてきた近代的なトレーニングは、何の効果もない。なぜならば、それは「四角い言葉」だから。空回りしているから。ということを考えているがために、どうしても「だめですね」という言葉しか出てこない。何だったんだろう、と。帯広のころはまだ、それこそ草木の中にいることもあったし、雪が降れば走り回って遊んだし、みんなが、自分も含めて都会に住むようになったのがいけないんですかね。都会では、自分たちがつくったものでお互い暇つぶしができるから、その外を見ないですよね。それこそ、空もほとんど見ない。きょうの月はどのくらいの大きさかも気がつかない。

それじゃだめなんだという、つまり近代化に対する疑念というか、どうもこれはちがっているみたいだというのは、たとえば三十ぐらいの歳にはわかっていた。だから、そうでないものを探して太平洋の小さな島に行ったり、うろうろして、つまり日本でないところでそれを探していた。見つかったとしても、持って帰るわけにいかない。日本はちがうんだから。だから、行った先でこういうものがありました、人々は何の財産もなく満ち足りて暮らしていました、それも失われつつあるようです、というふうなレポートを日本に送る。だから、ずっとないものを探していたのかもしれないですね。

しかし、ぼくにとってないものだけれども、石牟礼さんの時代、石牟礼さんの周りにはあったわけですよ。それが石牟礼さんのお書きになったものを読むショックなんです。ここには確かにあった。最初から全くありもしないものを探しているのだったら、それはそれでしかたがない。だけれども、少なくともこのときここにはあったんだというのが、自分の一生を通じての一つの発見として驚きで、それでこうやってノコノコ来るんですけれどもね。

たとえば、お母さまは大変苦労なさって、波瀾の多い、つらいことの多い人生で、それで最後に亡くなったとお書きになる。そうだけれども、その波瀾やつらさというのは、いまのこの索漠たる感じとはちがいますよね。いまは、それさえない。いろいろつらい思いをすることまで含めて生きていくことであり、あるいは妙な言い方だけれども、それまで含めて、苦労まで含めて幸福であるというか、そういうことがふくふくと伝わってくる。それに比べると、我々は本当に魂の抜けた自動人形みたいだなと思って。これがきたらこう反応する、これがきたらこう応答するという仕掛けはたくさん持っているけれども、でもそれは、そういうふうに反射的に動いているだけであって、人間としての厚みも奥行きもないように見えてしまう。そんなふうにみんなを簡単に十把一からげで片づけちゃいけないんでしょうけれども、幸福感も不幸感も水で割ったみたいな……。

　というのは、これは全部、相対的に若い世代に属するぼくが石牟礼さんに向かって言っている愚痴です。ほんと、愚痴でしかない。ただ、こうなってしまったんですよ。

石牟礼　でも、お書きになるものは、とても初々しいですよね。読ませていただいて。

池澤　そうでもないですよ。

石牟礼　いや、いま、失われたのは初々しさかもしれませんね。人間の絆の持ち方の中で。お書きになった、あれは何という題だったかな、列車に乗って女の子とホームで出会って、何という意味もなくまたねと……（「きみのためのバラ」『きみのためのバラ』）。

池澤　メキシコのね。

石牟礼　はい。ああいうのを読みますと、いま失われたものは人間の絆のあり方の、何といいますか、はっきりした女の人に対する、こうしたいという男の人の願望みたいなものも何もなくて、本能的にその女の子のいたところへ花を持って行ってしまうという、そして後腐れがないというのともちがうんですね。一抹のさびしさも感じられて、これが永遠の絆というか、そういうものに結びついていくんじゃないかしらと、とっても初々しい気持ちで読ませていただいています。

池澤　あれはぼくの友達が若いころに実際に体験したことなんですよ。森慎一という男。メキシコを旅行していてね。それをちょっと聞いて。ところが彼は、阪神淡路大震災で姪を亡くして。自分は男の子が二人いて、下の子が障害者なんだな。その姪を亡くしたことと直接関係があるのかどうかわからないけれども、そのあとで重度の鬱になりましてね。親から継いだ大阪道修町の小さな薬問屋の社長。もともとは詩人なんです。アメリカ、ヨーロッパを転々としていて、ヒッピーで、ヒッピー仲間でぼくは仲がよかった。ぼくより七つ、八つ年下かな。阪神淡路大震災で姪を亡くして、そのあとで鬱病になって、あるときからあとはもう会えなくなってしまって、電話で話して、うれしそうに話すんだけれども十分ぐらい経つと、「夏樹さん、ごめんなさい。もう、うれしいんだけど、これが限度なんだ」と言って電話を切って。「またね」と。「元気でね」とも言えないし「がんばれよ」とも言えないし。鬱病に対しては。

　まだ元気だったころにあのメキシコの話をしてくれて、「君、書きなよ。いい話だよ」と言ったら「いいから」と言うから、「じゃ、もらうよ」と言って書いたんですよね。最終的には、四年ぐらい前かな、最後は彼は自殺してしまった。だから、震災で身内を亡くして、それがずっとあと続いてという、非常に身近な例を、ぼくにしては珍しく本当に仲のいい相手だったんだけれども、最後会えなくなって。何か、そんなことも重なってくるんですよね。

そう。初々しいかもしれません。そういう一瞬の輝きだけだって書いていけば確かに文学になるんだけれども。それで、それが失われたとしても。でも何か、なかなか津波と原発には立ち向かえないですね。

石牟礼　そうですね。

池澤　「世は儚《はかな》い」と言ったところでしょうがないし。鶴見和子さんがご病気をなさって、その朦朧《もうろう》の中から短歌が戻ってきて、どんどんお書きになって、それで何か、社会学者である肩の荷を下ろして、生きている魂に戻って、還元されて、それでそのあとの思いをずっと石牟礼さん相手に語っていらっしゃるのを見て、「そうか、そういうことも起こり得るんだな」と思ったんですけどね。

石牟礼　はい。

鶴見さんのこと

石牟礼　不思議なことに、私の家は本当に下層の職人の家で、社会的なある階層、インテリの階層の話は一言も語られなかったんですけど、あるとき、鶴見俊輔という名前を目にしました。私の小さいころ、まだ学校に行かないころ、「つるみしゅんすけ」と漢字にルビをふってあるんですよ。それは雑誌の「キング」だったか……。

渡辺　それは俊輔さんじゃないの。祐輔《ゆうすけ》さん。

石牟礼　あ、祐輔さん。

池澤　お父さんのほう。

石牟礼　その「祐輔」という字を読んで、これは何かと父親に訊きましたら、ああ、この人は有名な……何と言いましたっけ。語る人のことを何と言いますかね。演説をする人。

渡辺　雄弁家?

石牟礼　「ああ、この人は有名な雄弁家たい」と言いました。それで、ずっとそれが不思議で、「ゆうべんか」って何だろうと思っていました。その名前もわからないんですよね、聞かされても。人の名前って、有名な雄弁家って、何だろうと。そのことが活字を知ったいちばん最初の記憶なんですよ。鶴見和子さんと仲良くなってからも、お尋ねしようかと思いましたけど、何か遠慮されてとうとう……。それを尋ねたって答えようがないだろうと思って。ご自分のお父さまですからね。でも尋ねておけばよかったと、いま思うんですよ。俊輔さんとも知らない仲ではなくなったんですけれど、それを尋ねるのはためらわれます。なぜでしょうね、この気持ち。

池澤　俊輔さんの場合は、親との仲がなかなかむずかしいから。とくにお母さんとの仲がむずかしかったし。俊輔さんが親たちに逆らって生きようとして、でも逆らいきれなくて、だから普通の親子ではないですよね。

石牟礼　ちょっとそんな話も聞いたんですよね。ご自分でもおっしゃっています。書いていらっしゃる。

池澤　とくに母親とのことなんかさんざん書いていらっしゃいますから、訊いたら教えてくれるかもしれない。「お父さんとの仲はどうだったんですか？」って。

石牟礼　その「キング」のような雑誌は、定期的にとっていたんじゃなくて、土方の家ですから、土方の青年たちが買ってきた雑誌だったかもしれませんね。

池澤　雨の日の暇つぶしかもしれないですね。仕事に出られない日のね。

石牟礼　そうそう。雨の日にしか休めません。

　それで、和子さんから聞いたんですけど、「小さいとき、俊輔と乞食さんの真似をして遊んだのよね」って。家が広かったので、築山があったり大きな木があったり、小屋があったりした、そういうところを二人で鉦《かね》をチーン、チーンと叩いて乞食さんの真似をして、おもらいをして、片方は差し上げるほうになって、片方はいただくほうになって。「そんなことをして遊ぶと、親が見つけて、とても怒られたことがあるわ」って、おっしゃったことがあります。ごきょうだいは仲よかったんですよね。たぶん。

池澤　でも、「和子は優等生で頭がいいから、叱られるときはぼくのほうばかりだった」と言ってらっしゃいましたよ。

石牟礼　そうですね。そうおっしゃっていました。それで日本で、ごく初期のころアメリカに留学なさったんでしょう？

池澤　あんまり不良少年で、お母さんがあんまり立派だったので反抗に反抗して、わざと悪いことをして、もう日本に置いておけないからアメリカへやると言われてアメリカへ行って、それから、せっかくだからと思って猛烈に勉強して、帰って来てから、桑原武夫さんの引きでしたか、京大でいちばん若い教員になったんですよね。

石牟礼　小さいとき、人の名前だと思ったのは祐輔さんの名前が初めて。活字を覚えたのも初めて。自分たちとは全然階層のちがう人の名前を覚えたのは初めてでございます。それを和子さんに言っておけばよかったと思う。俊輔さんに言おうか言うまいかと、まだ思っています。

池澤　ぼくが先に言ってしまいましょうか。俊輔さんに会うことがあったら、石牟礼さんがこうおっしゃっていましたよって。

石牟礼　おっしゃってください。

池澤　はい（笑）。

石牟礼　父は「雄弁家」と言ったときに、何かとても尊敬するような口調で言いました。

池澤　幼いときに親に教えられたことって、残りますね。

石牟礼　残りますね。残ることがありますね。

池澤　断片として、それだけがひどく際立って残ってしまうことがありますね。

石牟礼　はい。

子どもたち

池澤　たぶんぼくは小器用に渡ってきて、それで何とか済ませてここまできて、いい気になっていたのに、石牟礼さんに出会って、何か、それが全部ガラガラと崩れているんですよ。

石牟礼　そんな。

池澤　つまり、こういうものが文学だとしたら、おまえがやっているのは何だ、と。これをご本人の前で言うのは申しわけないんですけれど、それがいまの正直な気持ちでね。それだって書き続けますよ、いままでみたいなものを。だけどそれは、たとえば『あやとりの記』の一章分とか、『苦海浄土』の二ページ分とかの前に持ち出すと、ヘナヘナと坐り込んでしまうような代物でね。

うん、あした立て直します（笑）。

それで、もうこれも自分の文章で書いたことだけど、あんなに広い範囲が津波になったんだから、どのくらい広いか端から端まで見ようと思って自分で車を運転して、北のほうからずっと海岸に沿って下がってきて、最後が地名で言えば女川《おながわ》、石巻、それから仙台のつもりだったんですけど、女川も石巻もいちばんひどかったころに前に行って見ているんですよね。少しはちゃんとしたのかな、と。瓦礫が片づいて、みんな普通に暮らしているのかしらと思って。

北のほうから行くと、あるところで、ある小学校の跡にちょうど行き当たる。そこがいちばんたくさん子どもが死んだ小学校なんですよ。そのことがわかっていて、でもやっぱり行ってみようと思って。そうしたら、小学校の建物はそのまま残っている。コンクリートのしっかりしたもの。周りは、普通の家がたくさんあったんだと思うんですが、それは流されてしまったから、全部片づけて、ずっと赤い土だけなんですよ。川のそばでね。その川の土手を逃げていて、川からのぼってきた津波で子どもたちは死んだんだけれども、その小学校まで行ったら、何かもう心がちょっととまってしまって、これ以上瓦礫を見るのは無理だから、ここでお手上げ、ここまでにしようと思って、しばらくボーッとしていて、仙台の街中へ出てしまった。でも、死んだ子たちはどうしたのかなと、ずっとついて回りました。まだ、その影響下にあるんでしょうね。

それは何とか文学になるかしら、書いてみたら何とかなるかしらと思って、書き始めたんだけれども、話がどんどん変なほうへ行っちゃって、なかなか子どもたちのほうに戻らない。そのたびに「石牟礼さんだったらな」と思うんです。

石牟礼　私は、そんなに強くありませんよ。

池澤　そうかもしれません。そういうふうに縋《すが》っているんじゃないんですけど、でも『椿の海の記』はなぁ……と思うんですよ。

石牟礼　お人柄に、ついてくるんじゃないでしょうか、子どもたちが。

池澤　そう？……。

石牟礼　ついてくるんですよ、たくさん、ぞろぞろ。

池澤　少し連れて来ているかもしれない。

石牟礼　連れて歩いていらっしゃるんでございますよ。私、これを拝見して、そのように思いました。

池澤　それならそれでいいんですけどね、しばらく一緒にいても。

石牟礼　誰にでもは、ついてこないです。

池澤　前に、駅で電車にぶつかって死んでしまった女の子の話を書いたことがあって（『キップをなくして』角川書店）。子どものころ、よく親に言われるんです。一人で電車に乗るときに、「切符をなくしちゃだめだよ。切符をなくしたら駅から出られなくなるよ」って。ところが、小学三年生の男の子が東京で切符をなくしてしまって、出られなくなる。さあ困った、どうしようと思っていると、後ろに少し歳の大きな女の子が来て、「切符なくしたんでしょう。駅から出られないんだよ。ついておいで」と言われて、ついて行くと、東京駅の中で切符をなくした子どもたちが二十人ぐらいで暮らしている。その子たちは「駅の子」という名前がついていて、親元には帰らないんですよ。全部駅の中で済ます。そのかわり、食堂や何かは全部ただだし、駅員さんの夜勤明けのためのお風呂もあるし、着る物なんか、忘れ物が山ほどあるから、好きなものをとっていい。自分たちでお互いに勉強をみたりして、しばらく暮らす。

　その中に一人、ポツンと女の子がいて、別段さびしげでもないんだけれども、なんにも食べない。本当に食べない。それで、新しく仲間になったイタル君という男の子が言う。「ミンちゃんは、どうしてなんにも食べないの?」「さあ、自分できいてごらん」と仲間に言われて、そのミンちゃんのところへ行って「どうして何も食べないの?」ときく。「わたし、死んだ子なの」とミンちゃんが言うのね。それは、通学の途中でうっかり電車にぶつかって死んでしまった子が、でも向こう側に行く気になれなくて、「じゃ、もうしばらくこっちで考えなさい」と言われて、その駅の子の仲間にまじって暮らしているんです。仲間たちは、ミンちゃんを向こうに送ってあげるのがいいのか、このまま一緒にいるのがいいのか、それぞれに心の中で考えながら暮らしている。最後に、死んだおばあちゃんが迎えに来て、ミンちゃんは向こうへ行くんですけれどもね。

だから、子どものままに死ぬということへの思いはあるんだけれども、どうも大川小学校は重た過ぎる。

たぶん、死に方がわからないんでしょうね、みんな。

石牟礼　はあ。死に方がね。

池澤　それでつい今度も、石牟礼さんと伊藤比呂美ちゃんの、あの小さな本をパラパラと見たりして。自分の場合というのは、あんまり考えていないんです。自分の場合は自分だから何とかなると思っているんだけれども、みんながよい死に方をしていないのかもしれないと思って。いや、そんなことはないと思ったり。だから、さっきみたいに、亡くなったらあとはどうなるんでしょう、というようなことをうかがうんですけどね。

石牟礼　死に方がわからないというのは、確かにありますね。私もそうですね。

池澤　むずかしいですよね。

石牟礼　むずかしいです。長く生き過ぎたと思います。

池澤　そうですか？

石牟礼　はい。

池澤　つまりそれは、もっと早く去るべきときがあったはずだということですか？

石牟礼　はい。

池澤　でも、それからあと、たとえばお仕事をなさる手応えとか満足感というのがありますでしょう。

石牟礼　満足感はありませんね。もう、みなさんのお世話になって。お世話になりっぱなしなんですよ、周りの人たちに。

池澤　でも、石牟礼さんがお書きになる一語一語、話される言葉一つひとつ、待っている我々もいるわけですから。ぼくは心の底から米満《よねみつ》さん（米満公美子さん。石牟礼のヘルパー兼秘書）にお礼を言わなきゃいけないですよ。渡辺京二さんにも。

石牟礼　ふふふ。お礼を言っています、私も。しょっちゅう。もう言い足りない。お礼の言葉がもう見つからない。一語一語をひねり出すためにみなさんのご協力をあおいでいる。そのほかは、いまは何も考えられない。水俣病のことも何か言いたいんだけれども、衝動はずっとあるんですけれども、言葉にするのがとっても……。見つからない。何かちがう字引をつくり直して言葉を考え直さなきゃいけないんじゃないか。知識じゃない。

池澤　それが、ぼくがいま東北について考えていることなんですよ。この言葉ではだめなんだ、と。さっきの「四角い言葉」を器用につなげばそれらしいものができるけれども、でも本気で揺すぶったら壊れちゃうようなもの。でも、生活の言葉は身につかないままでしたからね。沖縄でも、おばあたちが話しているのを横で聞いて、わからないんですよ、沖縄の言葉が。

石牟礼　沖縄の言葉はね。

池澤　自分に向かって話しかけてくれるときはわかるんだけれども、二人で話しているのを横で聞いていてもわからないんですよね。

石牟礼　あれを字にして長く考えていると、いい言葉ばっかりですね。

池澤　そうですよ。

石牟礼　沖縄の言葉はやさしい。

池澤　昔の日本語から分かれていますからね、やっぱり優雅なんですよ。

石牟礼　美しいですね。

池澤　ゴツゴツしてなくて。

石牟礼　はい。

弟のこと

石牟礼　最近書いた詩があるんですけど……。これは狐。

池澤　「ひかり凪《なぎ》」というんですか？

石牟礼　べたーっと凪《な》いで鏡のようになったことを言う。この狐は自画像です。

池澤　お狐であらせられた。

石牟礼　ははは。

池澤　狐になれるところが羨ましいんですよ。

石牟礼　人間になれないんです。人間にも、もとの狐にもなれない。

池澤　それは両方行き交っている。行きつ戻りつして。どちらもが仮の姿にして。

石牟礼　まだ娑婆っ気が残っているので、馬酔木《あせび》の花簪《はなかんざし》を……。数千年も経ったぐらいの目尻の皺の上に花簪をつけている。

池澤　色っぽいですよ。

石牟礼　これは、「現代詩手帖」に連載を一年してくれと言われて、詩をあまり発表してきませんでしたが、試しにこんなのをつくってみました。

池澤　響きがいいですね。

石牟礼　後ろから見れば老いた狐であるというのが……。前から見てもわかるんですけれども、後ろから見ると、さらによくわかる。

池澤　しかし、おしゃれをするという心意気はもって買うべし。

石牟礼　八十五でございますよ。

池澤　それをおっしゃるなら、ぼくだって六十七でございます。

石牟礼　六十七というのは、青年でございます（笑）。私の家では誕生日なんてハイカラなものはいたしませんで。親たちもしてくれませんでしたし、私も息子にしてあげなかった。それで年が変わって年を取ったということを全然自覚しないでおりましたら、今年三月十一日に看護婦さんたちが来て、小さな花籠をつくって、野の花を摘んで髱《かもじ》にかぶれるようにして持って来てくれたんですよね。それで「きょうは何の日でございますか」と言ったら、「石牟礼さんの誕生日でございます」と（笑）。ときどき、そういう看護婦さんたちのグループがいるんです。その方々がそうおっしゃるもんで、びっくり仰天しましてね。「私、誕生日って、いままで自分で憶えていたことないですよ」と言って。

　弟は汽車に轢かれて死んだんです。自殺か事故死かわからないんですけど、自殺しても不思議ではないような性格で。それで、その弟とは、何というか、私にとって初めての異性という感じでございました。会社のカーバイド係の仕事から帰って来て、相当毎日くたびれていたと思うんですけれど、お風呂に入って、すぐそばに来て、こうして肘枕してゴロリと横になって、「どら考いゅぅ」——考えようと言って、そして私が知らんふりしていると、聞こえるように言うんですよ。「考えるちゅうほどの重労働があるもんか。考えるちゅうのがいちばん重労働ぞ」と言っていました。私は返事をしないんですね。照れくさいですから、肉親からそう言われると。何か答えてやればよかったと思います。何を話そうとしたのか、話したいことがあったろうと思うんです。

　私とちがって、なぜか器量がよくて、切れ長の目で、声が大変よくて、「影か柳か勘太郎さんか」という歌謡曲がありますでしょう、あれが得意で。いまの家、里村ですけど前に田んぼがありまして、田んぼの前に長い土手があって、それが水俣川の下流の岸辺でしたけれども、そこをずっと歌いながら帰って来るんですね、会社から。村中に聞こえるんです。それで村の人たちが、「あんたとこの一《はじめ》さんな、声んよかなぁ」と言って褒めてくださって。本人もそれを少しは意識していて、朗々と歌いながら帰って来るので、村の人たちが全部、「ああ、一さんが、いま帰りよんなはる」って、わかるんですね。

もうちょっと話を聞いてあげればよかった。のちの水俣病を考えるためにも、カーバイドという現場がどういう現場だったのか。「地獄ぞ」と言いよりましたね。聞き損ねました。なまじ姉のつもりでおりましたので、「考えるちゅう以上の重労働はなかぞ」というような言い方をすると、「あーあ、インテリのような言葉を弟も覚えて」と私は当時は思っていました。何か哲学を語りたいんだろうと思っていました。思い上がりでございましたね。

父のこと

池澤　でも、鶴見祐輔の名前がふっと出たり、知的なものに対する反発とか反感というのはないですよね。

石牟礼　なかったですね。

池澤　強い憧れではなかったかもしれないけれども、敬意はありましたよね。

石牟礼　はい。敬意はありました。だって、父がちょっと膝を正して、「鶴見祐輔という人は雄弁家で、聞いてきたよ」と。聞いたはずはないんですよ、水俣あたりにいらっしゃるはずはないので。父の学歴は小学校四年生まで。天草の山の中で。「福連木の子守歌」って、ご存じないですね？

池澤　「ふくれぎ」ですか？　それは知りません。

石牟礼　福連木というのは地名です、山の中の。子守歌があって、日本の子守歌の中の何番目かに入っている。そこの山の中の育ちで、親からどういう躾けを受けたのか、名もない親たちですけれども、よほどに両親がよく躾けたとみえて、父はくそ真面目な人で、猫に対しても躾けようと思っていて。

　母の母であるおもかさまを、何というか、神さまの前に出たように謹んで、夕ご飯なんか自分がお膳を持っていって、「夕膳でござり申す」と「申す」という言葉をつけて、それは丁寧に接していましたね。それで私たちも、おもかさまは世間から見ればきちがいさまですけれども、丁寧に言わにゃならんと思っていました。

　あるとき、その日の夕ご飯は桜干しという、イワシを手開きして醬油につけて一夜干しにして、それを焼いておかずにする、その桜干しの日は大ご馳走でございます。おもかさまの前に父がお膳を持っていって、手をとって「今夜は桜干しでござり申す」と言ったんですよ。父が祖母に持っていくのが夕ご飯の始まりの儀式でございました。

　そうしたら、キジ猫、縞がある猫のことをキジ猫と言うんですけれども、キジ猫が抜き足差し足、その祖母の桜干しのほうへ行くんですね。それをみんなで見ていた。「あら、行きよる」と。止めなきゃと、みんなで思った。私も思ったんですけれども、父が目敏く見つけて「こらあー！」と言って。とっても猫好きの人だったんですけど、語気が普段とちがうんですよね。喉頚《のどくび》の後ろをつかんで鼻を畳にこすりつけて、「こらあー！　おまえは、そのぬすどごしは何か。その卑しか精神は何か。めくらさまとあなどって、おまえはぬすどするつもりか」と。「その卑しか精神は何か」と、いつも溺愛している猫ですけれども。それで、「ぬすどごし」というのを一発で覚えた。「卑しか精神」というのもわかった。そして、「そういう卑しか精神の猫は、我が家には置かん。たったいま、そのイワシは全部おまえにくれてやるけん、くわえて出ていけ」と言って、ポーンと投げやったんですよ。猫はもう行かないですよ。それで、そのイワシを拾って猫の首根っこのところへまた持ってきて、「こればくわえて、これは全部おまえにやるけん、たったいま出て行け」と。子どもが二匹か三匹かおった、猫の子が。「子どもたちはうちで養うてやるけん、おまえは一人で出て行け」子どもたちは驚いて坐り込んでいました（笑）。

池澤　ドラマチックですね。お芝居みたい。

石牟礼　お芝居みたい。それで、「卑しか精神の猫」と。その「ぬすどごし」というのが具体的でしょう？

池澤　全部目の前で起こったことでしょう？

石牟礼　はい。目の前で起こってる。それで「子どもは全部うちで育ててやる。一人で出て行け」って（笑）。猫はシューンとなって。

池澤　でも、人間の子どもたちにすれば、悪いことをしたら、ああやって追い出されるんだと、身にしみて思いますよね。

石牟礼　はい。思いました。「卑しか精神」というのが、猫の姿とともに。

池澤　でも、そこで「精神」という言葉が、漢字二つで、くっきり浮かび上がりますよね。

石牟礼　はい。

池澤　それは、「おもかさまの神経殿《しんけいどん》」と言うときと同じように、別格の言葉だからでしょうね。

石牟礼　はい。どうやって育ったんだろうと思いますね。学校に行くにも、昼ご飯は唐芋《からいも》だったんですって。このくらいばっかりの、子どもの籠というのがありましたですよ、柄がついた。花籠とも言いますが。その花籠に、みんな村の子どもたちは唐芋を二つ三つ入れて、昼ご飯にする。そういう学校の行き方をして育ったそうですけど。

　父が死ぬ前、私が、「生まれた村にいっぺん帰ってみよう」と父に言ったんですよ。結核で死にましたから。そうしたら、「帰らるもんか。どぎゃん村ち思うか。学校も出たくせに」って。私は実務学校という学校、いまで言えば高等学校ですけど、小学校の六年生から実務学校三年まで行ったんですよね。世の中に出たらすぐ役に立つことを教える学校がありまして。いまはなくなりましたけれども。「学校も出たくせに、どぎゃん村か考えたことがあるか」と言って、烈火のごとく怒りました。「そういうこともわからんか」と。「リヤカーに乗せて引いて行くけん」と私が言ったのがよくなかった。「リヤカーの何の通る村ち思うか」と。「行ったことなかけん、知らんもん」と私が言うと、「せっかく学校も出したとに、そういうことも知らんで。どういう村だったち思うか。馬も通りにくか山道ぞ」って。

馬がいっぺん谷底に落ちて死んだんですって。それを村の青年たちが秘かに掘り出して食べたことがあるんですって。その青年たちは、当時の村には現金の稼ぎがありませんから、長崎に出稼ぎに行っていた。長崎に出稼ぎに行った青年たちは桜肉というものの味を知って帰って来るんですって。「ばんがん叩き」という出稼ぎの仕事があって、船の底についている牡蠣殻《かきがら》を叩き落とす、そういう仕事です。そこへ行くと現金が入って出稼ぎができたそうですけれども、その出稼ぎに行った人たちが長崎で、桜肉というもののおいしいことを覚えて帰って来る。谷底に落ちた馬をどこかに埋めてあったそうですよ。それを掘り出して食べようやということになって、みんなで掘り出して。鍋は家に一つしかないから、ひびが入って使えなくなって草むらに捨ててあるような鍋を探し出して、肉を鎌で切ってきて、それを破れ鍋で焼いて食べたんだそうですけれども、食べるときに肉が大変臭った、と。それで、唇と舌にひっつかんようにして、歯でこうして噛んで、舌にひっつかんようにして飲み込んで、塩をつけて食べたら、からくて大変臭くて、おいしくなかったそうです。

ところが、それを村の年寄りたちが知って、青年たちが集められたそうです。その前でおばあちゃんたちが、「四つ足ば食べて、ご先祖さまに申しわけなか」と言って泣きなさったそうです。「これには弱った」と、父が言っておりました。四つ足を食べて。

池澤　それはやっぱり、仏教、つまり四つ足を食べてはいけないという殺生の禁ですかね。

石牟礼　ともかく村のおばあちゃんたち、おじいちゃんたちは、肉を食べなかった、と。「四つ足」と言って。それで、「ご先祖さまたちに申しわけなかった」と。その青年たちが肉を食べたので。「こんなに困ったことはなかった」と。大きな声で叱責されるよりも、年寄りに泣かれたほうが……。

池澤　身の置きどころがないですね。

石牟礼　はい。その話を繰り返して言っていましたね。

池澤　そうか。馬も谷に落ちるんだ。

石牟礼　はい。馬も谷に落ちるような険しい道を通っていかなきゃならないところを、私が「リヤカーで引っ張ってつれて行く」と言ったので、「せっかく学校も出したのに、そういうことも知らんか」と。

2012年5月20日

書物神さま、踊り神さま

池澤　今日は熊本城に行ってきました。

石牟礼　うちの父親は、あそこの石組をまるで自分がつくったかのように自慢して。加藤清正を尊敬していましたから。

池澤　あれは威張ってもいいです。あの石組はほんとうにきれいだと思う。

石牟礼　「加藤清正のつくった石垣ば見たことがあるか。あれを見らずに石垣のことを言うな」と言っていました。

池澤　角のところに、交互に長い石が入っているんですよね。あれがなかなか大事なことらしくて。ちょうど一か月ぐらい前に熊本城のテレビ番組をやっていて、それでいろいろ。あの奥の「昭君の間」ですか、王昭君の部屋があるというふうなことを何となく知っていたから。

石牟礼　りっぱなお部屋があるんですってね。

池澤　西南の役で薩摩の猛攻撃に耐えたというのが城として自慢であるということも、そのときに知りました。

石牟礼　そうですね。自慢していますね。

池澤　昨日ぼくがここでいろいろ言っていたのは、あれはたぶん勝手な魂入れだと思いました。

石牟礼　魂入れ？

池澤　ここに来て、少し渇いていたから潤すのに、お顔を見ながら。それで、昨日これを持って帰って読んでおりましてね。

石牟礼　何でございますか。

池澤　お預かりした「草の砦」。

石牟礼　ああ……。これは後ろのほうに変なメモを書きつけていて。女たちが燃え上がる四郎の館の中に小袖を手に手に入っていくというのは、何とかしてこの作品の中に入れたかったのですが入りきれないで、メモとして残しておきました。作品に入れるとたぶん長くなるので。

池澤　ぼくが昨日言いたかったことが、ちょうどここに書いてあったんです。

石牟礼　ほお。

池澤　ぼくのやってきたことと石牟礼さんのお仕事がどれほどちがうかということが。ちょっと読みますね。

石牟礼　はい。

池澤 「この身が修めし学問なるものは、わが家に仕える老爺が曲がれる腰を屈めて土を打つ、その一鍬にも及び申さず」ぼくの文学なんかそんなもんです、ということがぴったり書いてあったので、おかしくて（笑）。

石牟礼 文学と学問というのはちがいますでしょう。

池澤 そうなんですが、そのわりに学問に近い文学のようなことをしてきたことを恥じているのです。

石牟礼 いや、尊敬いたしますよ。

池澤 いえいえ。

石牟礼 文学をやりながら学問も取り入れていくって……しかしまあ、学問て何でしょうね。

池澤 ねえ。そう思っているから、そっちも半端になっていまして（笑）。そういえば書物をたくさん持っていらした伯父さまの話がありましたね。周りから「書物神《しょもつがみ》」と呼ばれていた、と。

石牟礼 はい。「書物神さま」と言われていました。

池澤 「悶《もだ》え神《がみ》」もそうだけれども、そういう小さい神さまがたくさんいたんですね。

石牟礼 はい。

池澤 あの言い方はいいな、と思いましてね。

石牟礼 わからないことは神さまにしてしまう。むずかしそうな解釈をしなきゃいけなくなると、もう神さまにしてしまう。「踊り神さま」と言われる人もおりましたし、「歌神さま」と言われる人もおりましたし、それはもう集まると陽気で、歌いたくてたまらない。みなが集まって何を相談しているのかも全然かまわない。人が集まると歌いたい、踊りたいという気質の人もけっこういまして、「この人は踊り神さんじゃけ、しょうがない」と。

池澤 「しょうがない」がつくわけですね。

石牟礼 はい。何か大事な相談をしているのに、歌い出すおばあちゃんたちがいて（笑）、踊り出すおばあちゃんがいて、いつも踊る構え、いつ踊ろうかという構えでおられる。体のかっこうも。もう、それはしょうがない。でも会議は進まないんですよね。「寄合」と言っていましたが、何か重要な寄合をしているのに、歌いたくてやってくるおばあちゃん、踊りたくてやってくるおばあちゃん、人が集まるところに行きたい。自分をそういう形で表現したい人たちがあちこちにいまして、苦笑しながらいっときそれをみんな楽しんで、また寄合の続きをやるという、そういう人たちがあちこちにいました。

そぼさん

池澤 水俣川のところにいたお乞食さんが『六法全書』を読んでいたという話があるそうですね。

石牟礼 そうなんですよ。私の家のいちばん近くにあるいちばん下流の橋を大橋と言うんですけれども、その次の幸橋というのが第一小学校のそばにあって、そこの下に、そこを定宿にしている乞食さんがいて、その乞食さんは「そぼさん」と言っていました。徳富蘇峰《とくとみそほう》の「蘇峰」をあだ名につけて、「そぼさん」「そぼさん」と言って、人が集まれば、「そぼさんがきょうは何を食べておられたか」とか、「雨の降りに、幸橋の下だけれども、やっぱり破れ傘さしておんなさった」とか。そして、「破れ傘さして書物ば読みよんなさったばい」って。そぼさんのことをいちいちみんな観察して「何の本じゃろかね」と言って、「『六法全書』ちゅうとじゃなかろか。『六法全書』という本はいちばんむずかしい本だそうだ」と。それで「そぼさん」という名前をつけたんですよ。徳富蘇峰は水俣出身の学者ということは、みんな知っていますから。どんな学者かということは知らないけれども。どうしてかみんな、そぼさんの話をしたがるんですね。『六法全書』を読んでいた、と。

池澤　それは、実際に『六法全書』だったわけではなくて、みんなが究極の読書として『六法全書』を読むと、いちばんむずかしい本と、そう思われたんですかね。

石牟礼　だと思いますよ。週刊誌の破れたのだったのかもしれないし。しかし、雨の降りに破れ傘をさしてまで本を読む人。乞食になっても。それで、「そぼさんは偉かぞ」と言って感心して。そのあとの話ですが、いなくなったんですよ、そぼさんが。そうしたら、女の乞食さんと一緒になって、どこか所帯を持って行きなさったらしい、と。

池澤　所帯を持ってね。

石牟礼　はい。それで、「誰が縁談ば持っていったのか」（笑）。そして「仲人さんは何ちゅうてもらいに行きなさったろか。縁談を申し込むのに『なぁんも稼ぎはなかですばってん、あなた一人ぐらいは養いきります』と言いなさったにちがいなか」（笑）。「それでめでたく話がまとまって、どこかへ行きなさったばい」って。「どこにいまごろおって、やっぱり本な読みよんなさるろか。もらいは二人になれば稼ぎが大きいから、よっぽど甲斐性のある嫁さんにちがいない」と言って、行く末まで心配して楽しんでいました。

池澤　ほとんど童話ですね。

石牟礼　童話ですね。

池澤　あるいは妖精の出てくるような、自分たちとは一つちがう特別な人たちとして、その話をつくっているわけですよね。

石牟礼　つくっているんです。

池澤　ふくらんでいくんですよね。

石牟礼　はい。

池澤　いいなあ。

石牟礼　「財産もなんもなかばってん、あなた一人ぐらいは養いきると思うけん、嫁さんに来てくれ」と言ったというのまで。

池澤　まるで見てきたような。

石牟礼　はい、見てきたように。人が寄ると、どなたかが、そぼさんの話を持ち出すんですよ。

池澤　共有する財産みたいなものですね、みんなの。お話としてね。

石牟礼　そうですね。

池澤　誰もが参加できる。

石牟礼　いまは、そんな話はあんまりいたしませんね。

池澤　そうですね。お乞食さんもなかなかいないし。ホームレスの人たちはいるんだけれども。

石牟礼　風情が、乞食さんからもなくなりましたね。

池澤　みんながじゃまだじゃまだと言うから居心地が悪そうだし。

能を書く

池澤　この「草の砦」を読んでいて思ったんですけれども、なぜお能だったんですか。あの『不知火』も。

石牟礼　なぜでしょうかね。わかりません。そんなにお能をたびたび見に行くわけでもなし。一度っきり。明治大学にお二人いらして、一人は「橋の会」というのをおつくりになって。お能の愛好者、役者も入れて。お能のことをよく書く人たちがいるんです。そういう人たちも入って、役者さんも入って。お能が好きでたまらないという人たちも入って。土屋恵一郎さんという明治大学の教授だったですけれども、その人から「お能を書かないか」と言われたような気がしますけれども、それで何も知らずに長く書いて。

そうしましたらお気に召して、少し書き過ぎているところを削って、「これでいいか」とおっしゃって。舞台芸術の演出家の笠井賢一さんという人がいらっしゃいますけれども、その人と土屋さんとでお能の形にしてくださって。私は能役者さんに一人も知り合いがいないし、お任せしたんですけれども、それが能の形になって、大変好評だったんです。

池澤　はい。ぼくはＤＶＤをいただいたので見ました。

石牟礼　それで、天草四郎を書きたいなと思って。天草四郎のことは、郷土の人ですからとくにずっと気になって、一作、小説を書いたんですよね。

池澤　『アニマの鳥』ですね。

石牟礼　あれは題を「春の城」としたかったんですよ。ところが阿川弘之さんが戦後書いているって。「春の城」という題をつけて。島原の乱じゃありませんけれども。それで、同じ題があるとまずいというので題を変えましたんですけど、変えなきゃよかったと思って。

池澤　「アニマ」が古いキリシタンの言葉だと気がつかないと、とてもピカピカ、モダンに見えますよね。

石牟礼　そうですね。「春の城」にすればよかったと思ってね（のちに改題され、『完本　春の城』として刊行される）。でも、それでも満足できないで、お能の形で純粋に四郎のことを書きたいと思って書いたのが「草の砦」です。何となく鈴木代官というのが魅力的なので。

池澤　鈴木重成ですか。

石牟礼　鈴木重成。大坂の奉行と四郎、死んだ二人をあの世で会わせたいと思って書いたのが「草の砦」です。ですけれども、「草の砦」の中に、先ほど申しあげた、巻末に書いたメモを入れたかったんです。女たちの小袖の話。これは事実です。そして島原の乱で原城に閉じこもった人たちは最後に……敗け戦ですから……。

池澤　でも、三万人というのは大変な人数ですね。

石牟礼　三万七千。いま東北の死者は……。

池澤　二万人です。

石牟礼　島原に行ってみると、狭いんですよ。三万七千人もこんなところで斬り殺されて、虐殺されて。当時はテレビもなし、ラジオもなしなのに、天草のほうからわざわざ、生活のためにあつらえた船にそこら中の人たちが乗れるだけ乗って、クルスを立てて、ずっと海を渡って島原城へ行って、死ぬために集まって本当に死んじゃった。その数は記録されていますから。それで幕府方が退いたあとの地面にはクロバエがたかって、地面が見えなかったって、しばらく。勝ち戦で幕府方のほうが引き揚げるのに、穴を掘って埋めていくということができなかったんじゃないかと思います。そういう労力がなかったんじゃないんでしょうかね、幕府方に。

　江戸から各藩、東海道に沿って下ってきて九州に入って。町を通ったことは少なかったろうと思います。島原がどこにあるのか、それもよくわからないで来るのに、毎日食べなきゃいけない。反乱軍を追討するのに馬に積んでくるのは人間だけが精いっぱいで。多少はお米も積んできたでしょうが、薪も要りますし、おかずや塩や、そういう食糧を積んでくるのは大変だから、たぶん、沿道の住民たちの家に押し入って、強制的に米を取り上げるとか。米も、お米のご飯なんか食べていませんでしょう。雑穀とか、ああいうものを取り上げて、追討軍が通ったあとは大恐慌が起きていると思います。帰りもそう。帰りはなおさらのこと、今度は道端の人たちも用心していますから、取られんようにどこか隠したり逃げたりしていたでしょうから、大変。だから、敗けた、自分たちが殺した島原や天草の人たちのお墓を穴を掘っていけるとか焼くとか、そういうことをしなかっただろうと思いますよ。記録はまだ出てきませんけれども。沿道は大変だったと思います。

それで、島原の城に籠城した人たちは、元侍たちも、小西行長の家来たちは残っていますから、女たちは火の中に入るときに小袖を手にして入ったって。城主の名前、まだ思い出さない。小西行長の家来の……。

池澤　細川は、もっとずっとあとですね。

石牟礼　あっ、細川忠利です。ガラシャの息子。ガラシャの息子が、お父さんの忠興に手紙を書いて、それを見たって。女たちが小袖を手にして火の中にゆっくり入っていった、と。それを書くには、もうちょっと費やして書かなきゃいけない。

小袖というのは、いまのとはちがって、袂《たもと》を「元禄袖」と言いますね。元禄時代に袖の底が丸みを帯びてきたんですよね。小袖って、どれくらいの袖だったかなと思いますけど、長い袖を「振袖」と言うでしょう。振袖じゃなくて、小袖というのはよっぽどよそ行きか、改まった日に着る最後の、女にとってはいちばんの財産ですよね。それを手にかけて火の中に入るというのは、覚悟が決まっているわけで、そんなふうになるエピソード、女たちが覚悟を決める場面を書きたかったんですよ。ごらんになったのにはまだ書けていない。みなキリシタンで、武士の妻です。武士だけじゃなくて物持ちの家もたくさんおりましたから、小袖はどんな小袖だったのか。

池澤　能衣裳と小袖は似ていますよね。

石牟礼　能衣裳は、また別ですね。能衣裳は袖の幅がここまでぐらい。一幅といいますよね。もとの反物を一幅と言うんですけれども、その倍。一幅で右と左と、背縫いと言いますけど、背中で一本の糸で縫って、それで二布、二幅、その先にまたあと一幅が袖を伸ばしたときの長さなんです。ここまでくる。能衣裳は、さらにもう一枚、袖がこうなって、下に手を下ろしたとき、手は隠れて見えません。そして裾まで届くような袖が。その袖の動きが能の舞台の特徴ですね。それは一度見て、「ああ、そうだ」と思って。

池澤　お能の話というのは、とくに夢幻の能は、必ず死者と生きている人の会話ですよね。

石牟礼　はい。

池澤　だからその場所というのは、現実からもう一歩向こう側へ行ったような世界ですよね。それと石牟礼さんがお書きになる話、『あやとりの記』のような、あの夢幻の感じがとても似ていると思うんです。

石牟礼　はあ。

池澤　『苦海浄土』だって、もちろんみんな生きている人たちだけれども、どこかに亡くなった患者さんたちの姿が見えるような場面があって、だから、そのあいだを行きつ戻りつしながら。話にはいろいろな芝居や演劇の形式があるけれども、お能がいちばん合っていたのかなと思って。

石牟礼　合っていたような気がします。

池澤　死者との対話である芝居って、ほかのどこにもないわけで、実に不思議なものでしょう。

石牟礼　不思議なもんですねぇ。

池澤　だからそう考えると、理屈で考えても、確かに「そうだ、お能がいちばんいいんだ」と納得するんですけれどもね。

石牟礼　はい。お能をもう一つ書きたいんです。

池澤　書いてください。

石牟礼　「草の砦」に入れられなかった女たちの話をどこかに入れたい。しかし、その必然性をつくらなきゃならない。どういう気持ちだったろうと思います。三万七千人も死ななきゃならない。喜んで死んでいる感じがします。まあ、「パライソへまいろやな、まいろやな、パライソの寺にまいろやな」という、お経といったらいいのか、キリスト教の言葉で……。

池澤　オラショ。

石牟礼　そうそう、オラショがありますから。それに似たようなオラショは、いまでも天草の村に伝わっています。

池澤　東京にいらしてチッソの本社の前で座り込みをしていらしたときに、たとえば機動隊が来て乱暴なことをする。それを目の前で見ていて、身を引かないでそこにいて、つまり、自分の身はどうなることだろうと思っていらっしゃる。そのときのお気持ちと、天草の島原の女たちと、重なりませんか。

石牟礼　重なりますね。

池澤　でしょう。

石牟礼　はい。何というんでしょうね、ちょっと病的じゃないかと思いますけど、うれしいんですよね。どうかなっちゃうという。

池澤　こわいけれども、うれしい。

石牟礼　こわくない。

池澤　こわくない？

石牟礼　ええ。

池澤　一種、昂《たかぶ》りですね。

石牟礼　そうですね。やっぱり異常性格じゃないかと思って。

池澤　異常な状態なんでしょう。

石牟礼　ふふふ。状態ですね。

池澤　そのときは三万七千人、みんながその状態になっていたんだから。たぶん。

石牟礼　はい。

池澤　あっ、細川ガラシャのガラシャは、Grace《グレイス》ね。「恩寵《おんちょう》」でしょう。

石牟礼　は？

池澤　「ガラシャ」という名前は、たぶんラテン語で、英語ではGraceという。神さまの恩寵、お恵み。いま気がついた。ガラシャはそうなんだ、と。

石牟礼　お恵み。水俣弁で言えば「のさり」と言います。恩寵。ああ、なるほど、のさりだ。神さまからの、天からの賜物《たまもの》。それが不運であれ。

池澤　そうですね。不運であれね。

石牟礼　はい。杉本栄子さんという人がよく言っておられました。「のさりと思え」って。それで、「代わって病むとばい」って。代わって病んだって。みんなの代わりに。「知らんということがいちばんの罪」って、おっしゃっていましたね。「だけど道子さん、私は本当を言えば、まだ死ぬうごつはなかったよ」とおっしゃって、これは堪えましたね。まだ生きていたいって。

池澤　水俣フォーラムでお目にかかったことがありました、杉本さんに。一度だけですけど。

もうひとつのこの世

池澤　確かに子どものころは、振り返れば、ずいぶんいけないことをしていました。今年になってからかな、ぼくはこういう文章を書きました。自分たちの世代、ぼくたちの年ごろの者からもうちょっとあとまでは、世の中というのは、悪いものだけれども、よくもできるものだと思っていた。いろいろよくないことがある。だけれどもそれは、話しあったり、抗議したり、闘ったり考えたりして、いいほうにもっていけると思っていたし、全部をクルッと引っくり返すことだってできるかもしれない。革命ですよね。そうどこかで思って、そういう姿勢で社会と向き合っていた。だけど、ある時期からあと、ぼくらよりずっと若い人たちは、そんなことは考えもしない。あるがままに受け入れて、その中でいかに自分の小さい楽しみを見つけていくか、それだけでやるようになって、ずいぶん変わった。これは、もとへ戻せというのではないけれども、そんなふうに世の中が変わってしまったことに自分は迂《う》闊《かつ》にも最近まで気がついていなかった――。

こういう文章を書いたら、それぞれの世代からちがう反応が来ます。確かにいまはもう革命なんていうものは考えないですよ、と。どう直そうかということも考えない人が多い。日常生活が楽しくて、ちょっと面白いことがあって、だから海外留学もしないし、ヒッピーになって貧乏旅行もしないし、友達と近所で会って、あとはコンビニで買い物をして、携帯で連絡して、それで全部でいいんです、と。

石牟礼　ああ、なるほどね。よくわかります。

池澤　ぼくが芥川賞という賞の選考をしていますと、そういう暮らしの話ばかり出てくるようになったんですね。世界を変えるよりは友達が大事。友達のことはとても大事にする。でも、その先に広がっていかない。それが時代なんだなと思ったんですけれども、たとえば水俣病で裁判を通じて闘っていれば、世の中はよくすることができると思われますよね。

石牟礼　あんまり思えない。

池澤　できるかどうかはともかく、それはいま目の前でしなければいけないことでしたよね。

石牟礼　はい。

池澤　たぶん石牟礼さんは、いまでもそう思っていらっしゃいますよね。だから、このあいだの和解案、あの特別措置法、ああいうものに対して、怒りを覚える。それは、何とかしなければいけないことだ。そんなものが罷《まか》り通ってはいけないから。そう考えるのが当たり前だとぼくも思っていたんだけれども、何か、だんだんそうでないようになってきて、それでもまあ、去年の地震と津波のときは若い人がたくさん働きましたから、みんななかなか捨てたものじゃないな、と。

石牟礼　はい。

池澤　みんなで東北へ行ってヘドロを片づけたりしたから、ちょっと安心したんですけれどもね。それで、「もうひとつのこの世」と言われたことがありますでしょう。

石牟礼　はい。

池澤　あれはそういうことだな。つまり、あの世に託してしまうのではなくて、いまのこの世を変えるでもなくて、もう一つ用意する。なかなか好きな言葉になりました。

石牟礼　「もうひとつのこの世」というのは、何かの拍子にひょいと出てきた。制度を変えるとかいうことじゃなくて。制度を変える力は民衆にはありませんから。ただ、願望を述べることはできますよね。そうしたら、患者さんの一人が「じゃなか娑婆《しゃば》」――じゃない娑婆、いまのじゃない娑婆と言い直しなさいました。ただ、耳には「もうひとつのこの世」のほうが入りやすい。うんと方言を縮めて「じゃなか娑婆」と。

池澤　でも、娑婆なんですね。

石牟礼　娑婆なんです。

池澤　世間なんですね。

石牟礼　はい。うまいことをおっしゃるなと思いました。ただ、「じゃなか娑婆」でおつき合いできる方々は、けっこういるんですよね。それでおつき合いしていると思うんですけれど。

美声

石牟礼　ご先祖で「江差追分」をお歌いになった方のことを書かれていますね。うちの祖父の松太郎がそれは美声で、あの声は何と言うんでしょうかね、さびさびとした伸びのある声で歌っていました。「江差追分」を私、聞きたいんですよ。よく宴会をしていましたので、歌うんですね、みなさんが。

池澤　「江差追分」を歌っていらした？

石牟礼　「江差追分」が真打ち。いちばんしまいに。

池澤　水俣でですか？

石牟礼　水俣で。道路工事をしていましたから。道づくりで財産を蕩尽してしまった。道に打ち込んで。私にまで「道子」とつけて（笑）。それで、宴会が始まると、最後には歌になりますね。それぞれ若い人たちが歌う。最後になって、「真打ち、真打ち、松太郎さま、江差追分」

って、みんなが所望するんですよ。その前に父が歌うんです。これがまた、世界音痴大会に出したらグランプリになるんじゃないかと思うほどの、突拍子もない音痴で、これが「ストトン節」を歌う。そうすると、みんなもう笑い転げて、前にお膳を並べてあるのをつっ転がして若い人たちが笑い転げて、その笑いがおさまったあとに、「今度は松太郎さま、真打ち」と言うんですね。それは伸びのあるさびさびとした声で、「江差追分」を歌うんですよ。あの歌を、いまならテープに録れたんですけど。

池澤　そうですね。

石牟礼　どんな歌でございました?

池澤　いや、ぼくもあれはむずかしくて、とても歌えません。今度お持ちします。誰かが歌っているのを。

石牟礼　のど自慢なんか、たまに聞きますけど。

池澤　いま、「江差追分」だけののど自慢を、北海道でやっています。

石牟礼　あらぁ。

池澤　あれはどこだったかな。松前だから、あの辺で。みんなが同じ歌を歌って、いちばんうまい人を決めるんですよ。

石牟礼　それは聞きたい。

池澤　あれは、もともとは信州の追分ですよね。あの辺でできたのが日本海側に出て、それから北前船で北海道へ行ったんですよね。

石牟礼　北前船で長崎にも来ている。

池澤　ああ、そうか。

石牟礼　うちはいっとき、島原にもいたみたいで、どこで習ったのか。北前船で習ったと思うんですよ。北前船が来て。

池澤　そう。北前船は風待ち潮待ちで、長いあいだ港で待ちますからね。そのあいだ毎晩遊興の巷に行って遊んでいるわけでしょう。歌を広めるんですよね。

石牟礼　はい。歌を広めます。「牛深ハイヤ節」というのがありまして、「牛深三度行きゃ三度裸」、牛深に一度行って、二度行って、三度行けば、もうすっからかんになるという（笑）。これは「江差追分」のように情緒のある歌じゃなくて、カラッとした歌ですけど、そんなふうにして港々では歌を広めていったと思うんですけれども、それを松太郎はどこで習ったのか、歌っていました。

池澤　「江差追分」は本当にむずかしいです。「ソーラン節」なら歌えるけれども（笑）。

石牟礼　子ども心にも、いい歌だなぁと思っていました。

池澤　あっ、昨日おっしゃっていた「福連《ふくれ》木《ぎ》の子守歌」、あれを昨日の夜、見つけて、聴いてみました。

石牟礼　素朴ないい歌でしょう？

池澤　いい歌ですね。しかし「五木の子守歌」も、たとえば石牟礼さんにとって身近なものではなかったんですか。五木はすぐ山側ですよね。

石牟礼　山側ですけど、あれは外から入ってきたような……。

池澤　いったん流行歌になったんですよね。

石牟礼　はい、流行歌になりました。

池澤　そのとき、歌詞も変わっているし。

石牟礼　節も変わった。節も、正調というのがあるんですね。

池澤　ありますね。ずいぶん変わったな、と。両方昨日聴いてみたんですけれども。

石牟礼　「島原の子守歌」というのもあります。あれは、盲目の詩人が作詞して、何か創作されたみたいですけれども。各地に子守歌がありますね。

池澤　たとえば、「おどまかんじんかんじん」で、あれがお乞食さんで、あるいは非人《かんじん》ですか、もともとは勧進坊主ですよね、全国を回る。そういうことがわかったとき、何か……。『苦海浄土』にも「非人《かんじん》」という言葉は出てくるし、『椿の海の記』にも出てくるし、スーッとそういうのがつながって「あ、わかったな」と思うのは、うれしいものでしたね。

石牟礼　はい。

池澤　そう言えば、水俣川の土手を歩きながら「勘太郎月夜唄」を歌われた弟さんも美声でしたよね。

石牟礼　美声でした。

池澤　それは松太郎さんから受け継いだんですね。

石牟礼　そうでしょうね。伸び伸びとした美声でした。

池澤　石牟礼さんもきれいな声をしていらっしゃる。

石牟礼　いや、歌えなくなりました。息が途切れます。歌い手になりたいと思っていたんです、若いとき。できませんでした。

池澤　さっきの踊りたくてしかたがない踊り神、沖縄の人たちにそれがたくさんいるんです。だから、それこそ寄合していて、あるいはお祭り、ちょっとしたお祝い事でも、どこかで「じゃあ」と言うと、必ず誰かが三線《さんしん》を持っているんですよね。それで、早弾きで始めて、カチャーシーという……。

石牟礼　カチャーシー、最後に踊るんですね。

池澤　そうそう。みんなで踊りながら、一人ひとりが主役になって交代していく。まあ、みんなうれしそうな顔してね。ようやくこの時間がきた、という顔で。

石牟礼　そうそう。そのために集まっていた。そのために辛抱強い寄合をして、「最後にそういう楽しみがなからんば、行かれたもんじゃなか」って（笑）。

　それで、会議慣れしている県会議員が水俣に一人出たことがあるんですが、チッソの工員上がりで幹部になって、辞めて県会議員に出て通って。その人が寄合をかけ、水俣病のことで寄合をしていましたら、おばあちゃんたちがしきりにヒソヒソヒソヒソ、すぐ私語を交わすんですよ。内容を聞いていると、どこどこの誰々青年が、どこどこの娘と仲ようなっとったばいと、そういう話をしている。「この前は麦畑に二人で入って行きよったばい」とか言ってクスクスクスクスと笑う。「そこのばあさんたち、何ば話しよる」と県会議員が言うと、「しーっ」とか言ってしばらく黙っているけれども、またそういう話をして。

株主総会というのを水俣病でやりました。株を私もまだ持っていますけれども、一株五百円。一株運動というので。そのときに……何を話すんでしたっけ、何のためにこの話をしたかな。

池澤　おばあちゃんたちが私語をして、ゴシップを交わして……。

石牟礼　あ、そうそう。「人のこの世は長くして　かわらぬ春とおもえども　はかなき夢となりにけり」と言わなきゃならないのを、「はかなき恋となりにけり」と歌ってしまうんですよ、おばあさんたちが。それは御詠歌なんです。

池澤　ははは。恋にしたいんだ。

石牟礼　何べん稽古させても「はかなき恋になりにけり」と歌ってしまわれるので、和尚さんが怒って、「おまえどもはなんば心得ておるか。この歌は流行歌じゃなかっぞ。御詠歌ぞ」と言っておばあちゃんたちが怒られて、「この前も風呂ばしたが、五右衛門風呂炊きながら稽古したばってんが、なしてか『はかなき恋』になってしまうもんなぁ」と言って（笑）、それで何べんも稽古するんですよね。寄って。私も何べんも行きましたけれども、必ず「はかなき恋になりにけり」。そうすると和尚さんが怒り出して、「そげんしたふうじゃけん、おまえどもは、水俣病頭《あたま》ち言わるっとぞ」って。それが本番のときはぴったりと「はかなき恋」にはならなかったので、さすがと思って。「そんなにあるけん、水俣病頭ち言わる」と言う、そのお師匠さんも水俣病ですけれども。それで、「うちどもは学校に行かんじゃったけん、学校の唱歌も習わんじゃったし、流行歌しか知らんもんな」と言ってましたね。御詠歌を流行歌にしてしまいました。

マブイグミ

池澤　上村《かみむら》智子ちゃんという、宝子《たからこ》の話がありましたね。それから石牟礼さんのお子さんが結核になって、奇病病棟の患者さんのお見舞いに行かれた話もそうだし、上村智子ちゃんの話もそうなんだけれども、傷んでいる者、病んでいる者に対する、それを感じ取る、そういう心の動きがありますでしょう。

石牟礼　はい。

池澤　それはどうなんでしょう。ぼくは石牟礼さんにはそれが大変にあるということはわかっている。人ごとにちがうんでしょうかね。それとも立場立場で、それをたとえばチッソの人たちは殺してしまっていたんでしょうかね。

石牟礼　訊《き》いてみたいですね、チッソの人たちに。

池澤　でも、心の内で恥じていても、決して言えないでしょうね。

石牟礼　そうですね。

池澤　絶対に言えないだろうと思うんです。

石牟礼　言えないだろうと思います。

池澤　突っ張ってきたら、いったん崩すと全部崩れてしまうような気がする。だから、あちら側もつらいのかなと、あるいは全然平気なのかなと、いろいろなふうに想像するんですけれどもね。

石牟礼　私もそう思います。つらいのかな、と。だって、自分が話してしまえば、ある証明を、証拠を出してしまうわけですから。

　特別措置法の感情のない文面の条件に、ちょっと患者さんたちが乗っかってくると、「和解した」というふうに言う。条件を出して、のみそうになったら「和解をした」と。それを承知したというふうに患者さんたちがおっしゃれば、「救済した」、「救済が成立した」と。救済って言いますけど、あんなに苛酷な病気になっていく、だんだん一人残らず重症化していかれるんですよ。重症化して、生活はもちろん、肉体的な苦痛というのは精神的な苦痛です。毎日毎晩、一分一秒間、全部つらいわけですよね。それを、「さぞかし、おつらかったでしょう」という言葉や思いが一かけらもないですよ。特措法の法文の中には。どうしてあの手の法律用語は、人間の感情をひたすら排除して、罷り通っていくんでしょうかね。

池澤　責任をとらない仕掛けになっていますね。謝ったら、それは責任を認めたことになると思って、いよいよ頑《かたくな》になって。それも、どこかから漏れないように、みんながそういう顔をしているわけでしょう。それは、その心の中はつらいのかな、どうかなと思って、そこに杉本さんみたいに、自分たちが身代わりに病んでいるんだと、そんなことまで言われて、いよいよ本当ならつらいんだろうな、と。

石牟礼　はい。

池澤　だから栄子さんの言葉も、ある意味きついなと思って。

石牟礼　きついですよ。

池澤　強い言葉ですよね。

石牟礼　はい、強い言葉です。

池澤　それはつまり、自分たちの側、患者の側と会社の側を分けない言い方でしょう。巻き込んでしまって、等し並みに人間として扱ったうえで、そう言っているわけでしょう。彼らは分けてほしいんですよね。あっちはあっち、こっちはこっち。だから、そこの行きちがいのすごさというのは、すさまじいものがあるなと思って。

石牟礼　言葉というのは、そういう意味で、魔物ですね。

池澤　そうですね。このあいだの福島でも、「避難警戒区域」というのは実は絶対入れない区域なんですけれども、全部言葉を入れ換えていくんですよね。

　昨日よりはまともでしょ？　ぼく。

石牟礼　ははは。まともでいらっしゃいますよ。

池澤　でもね、しょうがなかったんですよ、昨日。魂入れだから（笑）。沖縄で「マブイグミ」と言いますね。

石牟礼　マブイ？　「マブイ」って、魂ですね。

池澤　魂です。マブイを込めると言うんです。「込める」が「クミ」になるんですね。沖縄ですと、子どもなんかびっくりしたときに、「マブイを落とした」と言うんです。

石牟礼　落としたって？

池澤　「ああ、こりゃマブイグミせにゃならんのぉ」と言って、子どもを連れて道の四つ角に行って、どうやるのかな、トントンとするんですよ。そうするとマブイが帰ってくる。

石牟礼　へえ。トントンとすると帰ってくるというのは、いいですね。水俣には帰ってくるという言葉はない。行ったっきり。

池澤　鉄砲玉。

石牟礼　鉄砲玉って最近は言うんですよね。昔は「高漂浪《たかざれき》の癖のひっついて」と言って、もうそれであきらめて、帰ってくるのを待つよりほかない。

池澤　子どものマブイは入れやすいんです。帰ってきやすい。

石牟礼　大人は……。大人にもいますか？

池澤　子どもめかしては言いますが、本気ではないでしょうね。

テレビ

池澤　石牟礼さんは境界線の両方に行き来なさる。患者の側と、普通の社会と。普通の社会が普通じゃないんだけれども、行き来なさる。取り持とうとなさる。本当は、それに似たことをやってみたいんですよ。石牟礼さんと世間とのあいだに自分が入っていけないかと思って。

石牟礼　世間というのは私は苦手で、なるべく行きたくない。こういう仕事場に閉じこもっていたい。それから、こういう、ごく少数の人たちとだけおつき合いをして済むことなら済ませたいんですけどね。患者さんたちと、とても仲良くしているわけでもない。そんなにしばしばお会いいたしませんし。ただ、昔の年寄りたちのようなお年寄りたちがいたら、そばでお話を聞いておれたら、さぞよかろうなと思って。

池澤　それがいまのぼくの気持ちですよ。

石牟礼　はあ。

池澤　おそばでお話を聞いていて、こんなにいい気持ちであると思って。でも、よく講演をなさっていましたよね、水俣裁判で。

石牟礼　必要にかられて。カンパを集めなきゃならないときとかありましたから。しばしば。

池澤　テレビにもお出になったし。

石牟礼　テレビにも、ちょっと出過ぎじゃないかと思って。

池澤　いつか申し上げたと思いますけれども、ほぼ最初期のころの東京放送の「マスコミQ」、石牟礼さん一人で三十分、台本もなく、正面に置いたテレビカメラで。

石牟礼　はい。椅子だけしかない。

池澤　そう。必死で考えて考えて、本当に訥々《とつとつ》と言葉が出てくる。

石牟礼　はい、私にも印象深いです。最初にテレビに出た。

池澤　それをぼく、見たんですよ。六〇年代の前半ですかね。

石牟礼　あれは福岡の局じゃなかったか……。

池澤　あ、そうですか。じゃ、福岡でつくったのかな。全国放送でしたよ。

石牟礼　そうですか。

池澤　ＴＢＳの前身の東京放送の非常に野心的なドキュメンタリー番組で、そのときは狭いスタジオに椅子があって石牟礼さんが坐っていらして、一切何もないんです。それ以外。そこで石牟礼さんは、水俣病というのはどういう病気であって、患者さんがどういう思いをしているかを、ゆっくり考えて一つひとつまちがえないように言葉を選んで。だから、台本も何もないし、ダーッとしゃべるんじゃなくて、ちょっと言っては一生懸命考えられる。そうすると、見ているほうは引き込まれちゃうんです。滑らかな言葉はスーッと通り抜けるんだけれども、次の一言をこっちも息をこらして待っているのね。それは、テレビというものにしかできないことだと思って、ぼくは本当にテレビはすごいと、そのとき思ったんですよ。ただしそんな緊張感のある番組って、結局なくなってしまった。それが石牟礼さんに出会った最初だった。

石牟礼　はあ。

池澤　だから、テレビは役に立ちます。

石牟礼　ははは。

池澤　五十年くらい前ですよ。誰も手助けしないんです。つまり、カメラがジーッと見ているだけで。「困ったな、次の言葉が出てこないな」という顔まで映ってしまう。

石牟礼　困りました、あのときは。だけど、必死で務めました。

池澤　そう。その必死な感じの分だけ引き込まれるんですよ、見ていると。いまニュースのアナウンサーがどんなニュースを伝えてもスーッと聞き流していますでしょう。何か、それとは全然ちがうことでしたね。あの番組は権力批判なんかもいろいろやってて、結局最後は潰されてしまったんだけれども。

石牟礼　潰されたんですか。

池澤　「マスコミQ」という番組全体がね。それで彼らはずっと後にテレビマンユニオンをつくったんじゃなかったかな。

身欠きニシン、シャケ、ヨモギ……

池澤　「ソーラン節」の三番か四番に、美国《びくに》という地名があるんです。「夢の積丹美国の浜はぬしに見せたいものばかり」という、そこの歌詞が好きでね（笑）。

石牟礼　「ぬし」なんて、いまは言わないですけど、いい言葉ですね。

池澤　ええ。出稼ぎに行っているんですよ。ニシン場のヤン衆。

石牟礼　「やんしゅう」って何でしたっけね。

池澤　労働者ですね。季節労働者。ニシンが来たときだけ行って働く。あれは浜の近くまで来るから、そんなに沖まで船で出るんじゃなくて、来たやつをとっては運び、とっては運びする。それがヤン衆。それが郷里に置いてきた恋人に向かって「ぬし」と言っているんです。もう、ニシンもすっかり来なくなってしまって。

石牟礼　ニシンという魚は、どんな魚か、見たことないんですね。ニシンって、イワシのようなものですか？

池澤　もっと大きいです。そして細い骨がたくさんあります。小骨ではなくて、背骨についている骨がとても細くて。

石牟礼　喉にひっかけやすいですか？

池澤　いや、そんなことはないです。きれいにはがれてしまう。

石牟礼　身離れがいいですか。

池澤　はい、いいです。干物にして……。ああ、ニシンそばがいちばん。西日本でも食べられる。身欠きニシン……。

石牟礼　私、ミガキニシンって、こう、磨くのかと思った（笑）。

池澤　内臓のところが欠いてあるんですよね。

石牟礼　水俣病のことで東京に最初に行きましたときに、いちばん興味を持ったのは、東京に行ったらミガキニシンというのを見てみたいって。たわしをかけて磨くのかと思って。だけど、ニシンを見ることができずに帰ってきました。

池澤　まだごらんになっていないですか？

石牟礼　はい。

池澤　じゃ、お送りしましょう。

石牟礼　干物ですか？

池澤　いまですと、半分ぐらい干したのがおいしいかな。

石牟礼　ほお。塩をつけて干すんですか？

池澤　一塩で、一夜干しで、そのまま冷蔵してあるのがいちばん普通かな。昔、北海道では、魚というとニシンとスケソウダラとシャケだけ。

石牟礼　最近、シャケが来るようになったんですよ。熊本にもなまのシャケが。冷凍してあります。それで、最近シャケずしというのを考え出して。この前、志村ふくみさんがいらしたときに、一口ぐらいの巻きずしをつくりました。なまのシャケをしめて食べてみたら、初めてなまのシャケを食べてみましたんですけれども、大変おいしかったので、お客さまのときはこれにしようと思ったんです。でも、今回は食べる暇がないとおっしゃったし、考えてみたら、北海道ですもんね。

池澤　まあ（笑）。でも食べてみたいですね。

石牟礼　あ、そうですか。この次いらしたらシャケのおすしをつくりましょう。

池澤　ありがとうございます。

石牟礼　なまで、きれいですよ、芯に色を入れると。

池澤　シャケも、ずいぶん塩が薄くなったんです。

石牟礼　塩が薄くなったんですか？

池澤　そうですよ。冷蔵庫ができたから。その前は荒巻が本当に塩辛くて、真っ白に塩を吹いていて、外側だけこすり落として、その塩が使えるというぐらいでしたね。

石牟礼　ほお。

池澤　だから、ほんの少しで、ちゃんとご飯が一膳食べられたんですよ。頭のカマや何かは叩いて、三平汁というおつゆにするんです。

石牟礼　おつゆに？

池澤　はい。慣れていないと少し生臭いかもしれないけど、それももう塩を入れなくても十分味が出るぐらい、塩が最初から入っていたんですよね。ある年、シャケが大変とれて、うれしくてどんどんとったのはいいけれども、気がついたら塩が足りなくなっていて、みすみす腐らせたという悔しい話が明治時代にありましたけれどもね。

石牟礼　それは悔しいですね。

池澤　普通なら塩なんて、いくらでも倉庫に積んであるのに、それが全部出尽くしてしまったって。

石牟礼　あら。そんなにたくさんとれる。

池澤　とれるときはとれるんですよね。

石牟礼　東京に行っていちばんショックなのは、野菜のまずさ。お野菜をどうやって栽培すればこんなにまずい野菜ができるかと思うくらい、お野菜が東京ではまずいですね。

池澤　味がないんですよね。匂いも。

石牟礼　味がない。香りもない。まずいです。私は百姓の経験もありますので、種まいて、麦なんか、もろみの麦なんか一粒見ると興奮します。小さいとき、母について畑に麦まきに行きますと、こうしてまいていくんですね。畑を耕して。そのときに母が歌うように、「ネズミ女《じょ》に引かすんな。カラス女《じょ》に持っていかるんな」と麦に言うんですよ。麦の種に。麦って、直径五ミリぐらいですよね。あの小さな麦一粒見ただけでも興奮します。

　それで、草にもものを言う人だったので、畑に行くのに、畑に行く小道をのぼりながら母が草にものを言う。挨拶をしていくんですよね。「おまえたちも、二、三日来んじゃったら、太うなったねぇ」と言って、「達者でおったねぇ」と言って、草に挨拶をしていくんですよね。それで近所の人が、母が病気をしていたりすると、「ハルノさん、きょうは畑にゃおいでませんか」と言って、「何か言伝《ことづ》てはなかですか」とおっしゃるんですよ。畑に言伝てはないかと。そうすると母は、「草によろしゅう言うてくだはりまっせ」と言うんです。

池澤　ハルノさんというお名前だった？

石牟礼　ハルノという名前でした。それで、人参とか白菜とか大根とか……人参が東京はおいしくない。青物を洋食皿に添えた、何か一品物があるでしょう、食堂に行けば。豚をあげて、何か青い物をちょっとばかり添えてある。あれは水俣あたりでは「川ゼリ」「台湾ゼリ」と言いますけれども、クレソンが形ばっかりに置いてある。水俣へ行くと、こんなにクレソンのザブトンみたいに、ずっと川のゆるやかなところに自生しているんです。

池澤　勝手に生えるものですよね、あれ。

石牟礼　勝手に生える。それをとってきて、ワーッと茹でて食べますでしょう。簡単な調味料で食べると、大変香りがよくて、おいしいんですよ。シャキシャキしてて。それが、東京に行けば、一皿千五百円ばっかりの洋皿に、まあ、二葉ぐらい。何というか、なさけない。それで、文化って何だろうと思います。

池澤　東南アジアでよく使う香菜、シャンツァイとかコリアンダーともいいますけれど、あれは昔ずいぶん匂いがきつくて、ぼくは大好きなのでいくらでも食べるんだけれども、食べない人は本当に受け付けなかった。最近は東京でも売っているんですけれども、全然匂いがしなくなってしまって、本当に薄くなった。

　昔、帯広の家の裏にちっちゃな畑があって、キャベツをつくっていましてね。ぼくのおばあちゃんが。青虫がつくでしょう。それを退治しに行って、教えられて、「普通は虫とか殺してはいけないけど、これはいいんだから」と言って、見つけると潰すんですよね。キャベツの匂いがしますね。

石牟礼　キャベツの匂いがしますよね。

池澤　当然、キャベツしか食べていないんだから。このくらいのやつ。放っておいたら、あれはモンシロチョウになるんじゃないかな。でもキャベツが大事だから、本当は虫だって殺しちゃいけないんだけれども、これはいいんだという二重のルールにちょっと困惑しながら、一生懸命手伝っていましたね。あとは、ヨモギ、それからワラビ、ゼンマイは採りに行っていたな。ヨモギは草餅にして。

石牟礼　はい、ヨモギは至るところに。村に帰れば、道の端に生えてます。

池澤　あれはどこにでもあるものですね。

石牟礼　どこにでもあります。

池澤　ぼくは、インドから樺太まで、行く先々で見ました。

石牟礼　ほお。

池澤　みんなちゃんとあの匂いがして。ついむしって、こうやって嗅ぐでしょう。

石牟礼　ヨモギを見ると摘みたくなりますね。摘んでサッと茹でてギューッと絞って干しておくと保存食。ヨモギ団子をつくろうと思うと、メリケン粉の中にすって入れて、もうそれだけで香りがいい。それで、あんこを包んで。お日さまに干しておいて三日ぐらいですっかり乾いたのを、保存しておくんですよね。それはしょっちゅうありました。明日ぐらい甘いのをつくりたいなと思えば、いつでもヨモギ団子がつくれました。香りがいいですね。

池澤　いいですね。

石牟礼　それで、真っ黒になるほどヨモギを入れてつくろうと言っていましたよ。真っ黒は表現があんまりだけれども、真っ黒になるほど入れて噛みしゃぶって。噛みしゃぶるほどヨモギを入れて食べたいなと言いながら、ヨモギを摘んでいましたね。

池澤　濃い緑になるんですよね。

石牟礼　濃い緑になる。あんなヨモギ団子、食べてみたくなった（笑）。いまはヨモギを摘みに行けないんですね、体が……。この辺の郊外に行けばあると思います。

池澤　そうですね。あれはまだ、どこでもあるでしょう。

石牟礼　ああいうのを、ご馳走したいですね。あ〜あ、残念。

池澤　「春の野に出でて若菜つむ」ね。

石牟礼　渡辺京二さんはワラビなんか、なまを見つけて買っていらっしゃって、「どうすればいいですか」と聞かれて。

池澤　ワラビは灰汁《あく》抜きしますか？

石牟礼　あんまり灰汁抜きしなくても、おいしいですね。

池澤　しなくてもいいですね。

石牟礼　塩を入れてちょっと茹でるばっかりでいいと聞きまして。最近。

池澤　わずかにぬめりがあって。

石牟礼　はい。この前渡辺さんがワラビを焦がしたとおっしゃって、繊維ばっかりになったワラビを持って来ましたけれども、おいしゅうございました。

池澤　この季節、北海道ですと、ギョウジャニンニク。

石牟礼　名前は聞いたことがあります。

池澤　ネギの類。あれがなかなかおいしくて。

石牟礼　野生でも？

池澤　あれは野生のものを採ってきているんだと思います。昔はアイヌネギと言ったんですけど、そういう言い方はアイヌに失礼だからというので、最近はギョウジャニンニク。アイヌ語でキトピロと言うんです。

石牟礼　はっ？

池澤　キトピロ。

石牟礼　ギョウジャニンニクが？

池澤　そのことをアイヌの人たちはキトピロと。

石牟礼　葉っぱを食べるんですか？　根を食べる？

池澤　茎から全部。白いところから葉っぱの先まで。お湯に放って十まで数えて、あげる。すぐ火が通ります。天ぷらにしてもおいしいです。

石牟礼　おいしいでしょうね。きょうは熊本県産のニンニクの茎を米満さんが買っていらして、それをお昼ご飯に入れたんですけれども、部屋に入ったらニンニクの匂いがプンプンするというのでとりました（笑）。

池澤　ギョウジャニンニクもよく匂います。だから、人前に出る前にはあまり食べてはいけませんと言われますね。

石牟礼　それで今日は、池澤さんがいらっしゃるから、晩ご飯に回しましょうかといって。

池澤　沖縄にシマラッキョウというのがありまして。これもネギみたいに細く長いんですよ。塩漬けにして売っているんです。天ぷらもするんだけれども、塩漬けで、かつお節とお醬油をちょっとたらして、そのまま食べてとてもおいしい。いかにもビールのおとも。あるとき、まだ沖縄に住むようになる前、あれはおいしいものだからと思って、帰りがけに、昼の飛行機に乗るのに午前中に公設市場という大きな市場に行ってシマラッキョウがあるから買って、きっちりビニールの袋に入れてギュッとしめてくれるんです。それをつい飛行機の持ち込む荷物に入れて飛行機に乗って、上の棚に入れますでしょう。匂うんですよね（笑）。周りのみんなは、「何だ、これは」。ぼくも知らん顔で「何だ？　誰の荷物だ？」みたいな顔をして、ごまかして（笑）。すごい匂いでした。迷惑でしたね。

石牟礼　シマラッキョウね。いかにも野性的な感じですね。シマラッキョウと聞いただけで。

池澤　畑の畦《あぜ》のところへちょっとまいておけば、いくらでも生えてくるような、簡単なものなんですけれどもね、ニラと一緒で。市場へ行くのは楽しいですね、どこでも。

石牟礼　市場はいいですね。

池澤　それもちゃんと売り手の人と声が交わせる市場がいいですね、パックにしてなくて。

石牟礼　そうですね。

池澤　「これ、どうやって食べるの？」と聞いて買うの。新しいものを。

石牟礼　夕方のニュースの時間に市場の人が出てきて、新しい野菜とか、いまいちばんおいしい野菜とかを、こんなのがありますとこうして見せて、説明をなさいます。野菜市場の人が。そうすると、行ったような気持ちになります。

わたくしさまのしゃれこうべ

池澤　ぼくは石牟礼さんの詩集を昨日読んでいて、なんてドラマチックなんだろうと思って。次々に場面が変わって、主役が変わって、すごく動きがあって、面白かったな。あの「少年」

という、馬が出てくる……。

石牟礼　詩集って、全集をごらんになったんですか？

池澤　これです。（『はにかみの国――石牟礼道子全詩集』石風社）

石牟礼　ああ。あんまり売れない本です。

池澤　詩集はすべて売れないです。

石牟礼　これは「全詩集」と書いてあるけど、そんなこと……。

池澤　まだまだあるんでしょう？

石牟礼　はい。

池澤　この場面転換とか、情景の瑞々しさ、そういうものが全部、石牟礼さんのお芝居とは言わないけれども、演劇的なるもののもとにあって、だからお能なのかな、と。もちろんお能は言葉だけれども、所作もありますよね。踊りもあるし。それから思いもかけぬ二人の組み合わせというのもありますね。さっきの天草四郎と鈴木代官みたいな。ここからしてもうそうなんだなと思って、ついまた自分の理屈っぽい詩のことを考えて、「あれじゃだめなんだよ」と一人で対話していたんですけどね。

石牟礼　いや、素人ですから。いわゆる詩壇とは縁がなかったし。

池澤　あれはいいと思います、縁がなくても。とくに、しばらくのあいだ、詩壇はとても変になっていましたからね、むずかしいのばかりで。

石牟礼　何だか抽象的な言葉ばっかり。

池澤　難解なのが現代詩だと、みんな思っていたから。

石牟礼　ごく最近「現代詩手帖」に、「わたくしさまのしゃれこうべ」という詩を書きました。自分に「さま」をつけるのは初めてで、そんなことしませんよね、普通。それを載せてくださった。そうしたら、連載を書いてくれと言ってきて。詩の連載なら書けるだろうと思って。長いのはもう書けない。

池澤　冗談にして申しわけないんですけれども、最初のところで思い出した話があって、見世物小屋で源頼朝のしゃれこうべというのを見せていて、珍しいものだからみんなお客さんが入っていって見て、「しかしなんだねぇ、頼朝公というのは、ずいぶん大頭だと聞いているけど、ずいぶんこれは小さいんじゃないか」「頼朝公ご幼少のみぎりのしゃれこうべ」。

石牟礼　ははは。面白いですね。

池澤　昔、年上の友人で、大変に美しい頭の形をしていらっしゃる方がいらして、禿げあがっている。この辺まで。本当にきれいな形なんですよ。秘かにこっちのほうで、「立派な頭蓋骨だねぇ。きれいに磨いて机の上に飾ったりしたいなぁ」と言ったら、そう言っていた相手が向こうに行って本人に言っちゃったんです。次に会ったとき、「池澤君、ごめんね。まだ使っているからね」って（笑）。齋藤磯雄さんとおっしゃるフランス文学者の方でしたけれども、本当に好男子でいらして、頭の形まできれいなの。

石牟礼　ほお。この詩でとるべき言葉は「わたくしさまのしゃれこうべ」と、それだけがいいんです。ほかの言葉は蛇足。

池澤　でも、つながって出てくるんでしょう、言葉は。

石牟礼　つながって出てきますけど、最初に言ったそれだけが詩の言葉として生きていて、あとは蛇足ですね。

池澤　ぼくの母親が詩を書いていて、同じことを言っていました。「いいところはパッとできる。そうでないところを少しは悪くないようにするのが大変なの」って。閃《ひらめ》いたところはいいんですよね。でも、これは最後まで美しい。

入植

石牟礼　瀬戸内海から北海道へ行かれたんですよね。

池澤　うちの祖先ですか？

石牟礼　はい。

池澤　そう。淡路島からです。

石牟礼　淡路島。北海道と言えば、九州もあまり離れない私から見れば、外国のような気がするんですよ。それで、明治三年ですか、何かがあって徳島の侍たちが来たって。

池澤　ええ、暴れ込んで来て。

石牟礼　暴れ込んできて人が斬られたりして、松の木の上にのぼって見ておられたって。淡路島と北海道のあいだが急に縮まって、一瞬一緒になっちゃったような幼児体験をお書きですよね。

池澤　ええ。ぼくの曾祖父たちですね。

石牟礼　明治三年と言えば、歴史のうえでは近いようでもあり、遠いようでもあり、それを生活の体験の中で感じておられたというのが、大変新鮮でございます。

池澤　あれは、淡路島から渡った当人たちにとっても、本当に外国だったと思います。

石牟礼　外国のような気が、いまでもしております。

池澤　お米がとれなかったですからね。お米がとれないところは、もう日本ではないと思っていたでしょう。

石牟礼　はい、はい。

池澤　しかも、アイヌがいるわけだし、寒いですしね。そこへ何の準備もなく放り込まれたわけだから。最初は大変つらかっただろうと思います。

石牟礼　歩いて行かなきゃいけないんでしょう？

池澤　ええ。歩いて行くか、船で行くか。

石牟礼　淡路島から船に乗って行くにしても、大変。北前船に乗って行かれたんですか？

池澤　いや、太平洋側、三陸の側ですね。だから、日ごとに寒くなる。夏なのにこんなに寒いのか、これはとんでもないところへ来たという気持ちだったでしょうね。まあ、北海道はそういうところですから。

　広島の方たちが集団で入植した町がありまして、北広島と言うんですよ。もう一つ北につくった広島だというわけです。それから、奈良県の十津川というとても山の中の村があって、そこも、あれは何でだったかな、水害か何かで村が半分壊れてしまって、もう暮らしが立たないので、そこも集団で北海道に移った。それもいま新十津川という地名の町になっていますね。いまでも行き来があるようですけれどもね。

石牟礼　ほお。

池澤　あと、伊達というところがあるのは、仙台藩の人たちが入って、そのまま伊達という地名をつけた。そういうの以外は、大体アイヌ語の地名です。札幌も帯広も稚内も。

石牟礼　これは谷川健一先生からうかがった話ですけれども、最初北海道に行った、明治になってから各藩から行った人たちが言葉がお互いにわからなくて、その土地土地の方言しか知らないわけですから、会話が成り立たない。それで歌を歌いあうとわかったって。さっきのうちの祖父の話もありますけれども、歌というのはわかったんですね。そういう実感はお持ちでございますか。もうわかるようになっていたのかな。

池澤　北海道弁というのがありますしイントネーションもありますけど、基本は東北ですね、もとは。東北弁にいろいろ混じって。いろいろ混じったので、東北が薄まっているんですよ。だから、標準語、共通語に近いかもしれません。イントネーションは明らかにあるんですね。「北海道も、冬しばれるから、ゆるくないさ」という、ちょっとしり上がりで抑え込んでいくようなのはあるんだけれども、言葉として聞き取れないようなのはないですね。それは鹿児島弁なんかとは全然ちがう。

石牟礼　鹿児島弁というのは難解でございますよ。

池澤　そうですね。

石牟礼　水俣の隣ですけれども。

池澤　北海道の特有の言い回しでは、さっきの「しばれる」とか、それからむずかしいことを「ゆるくない」。

石牟礼　「ゆるくない」？

池澤　ええ。それとか、よいことを「あずましい」と。

石牟礼　「あずましい」？

池澤　「あったかいお茶出てきた。あずましいさ」って。あとは、強調の副詞が「なまら」というのね。「きょうはなまら暑いさ」って。でも、方言としてはそんなに強烈なものではないです。ただ、ひとと話していて、アクセントで、生粋の北海道人だなというのはわかります。

石牟礼　帯広には私の友人が行っているんですよ。住み着いている。東京で座り込みをしていた時代に宿を貸してくれた人で、熊本出身ですけど、活動家同士で結婚して、男の人が北海道出身だったとみえて、帯広に。帯広にお生まれになったんでしょう?

池澤　はい。

石牟礼　帯広に行っていて、ときどき青い……あれは何ですかね。

池澤　アスパラガス。

石牟礼　アスパラガスを年に一回送ってくださいます。

池澤　そろそろ季節ですから、きっと来ますよ（笑）。

石牟礼　唐芋《からいも》はできませんか。

池澤　できません。

石牟礼　できない？

池澤　ええ。馬鈴薯と、いまは盛んなのは山芋ですね。

石牟礼　山芋が？

池澤　ええ。これはずいぶん広い畑があって、台湾、中国で中華料理で使うんですよね。それでたくさん出しているって。それからあとは砂糖大根。甜菜《てんさい》。

石牟礼　砂糖大根って、やっぱりあるんですか。

池澤　ええ、甜菜。あれは製糖工場が大きいのがあって。

石牟礼　大根の形をしていますか？

池澤　蕪《かぶ》ですね、一種の。ぼくもそんなにちゃんと見たわけではないけれども。いま日本の国産の砂糖の九割は北海道の甜菜で、サトウキビは本当に少ないんです。

石牟礼　それは白い色の砂糖になりますか？

池澤　白い砂糖になります。あれは白糖にするしかないのかな。

石牟礼　大根そのものも甘いでしょう。

池澤　そのまま食べたことないです。まず砂糖にするしかしょうがないものなんですよ。誰も食べたことないんじゃないかしら。

石牟礼　あら。

池澤　大量にトラックで工場に運び込んで。帯広の駅のすぐ近くにあるんですけれどもね。

海底の花一輪

池澤　本当にきれいな服でいらっしゃる。

石牟礼　きれいですか？　自分でデザインを決めて適当に、まったくでたらめに。でたらめです。なんでもでたらめ。何でも、やること、すること、言うこと。ここは斜めになり過ぎて。もうちょっと丸みをつけるべきでしたけれども。それで、未完成で着ているのがだいぶんあります。仕上げるつもりでも、早く着たくて、ごまかして仕付けのまま着ていたりして、二十年ばかりかかって完成したりして。ボタンも、これは隠しボタンをして、こっち側に。だけれども、よく寸法が合っていないですよ、左右の寸法が（笑）。

池澤　ぼくの日曜大工と一緒だ。ちょっとずつずれるから、ごまかして合わせる。

石牟礼　はい、ごまかしてます。

池澤　ぼくは本棚をどれだけつくったかわからない。ひとに頼まれても。普通の本棚って、奥行きがあり過ぎるんです。棚の隙間があり過ぎるでしょう。ぴったりにつくるんですよ。この高さの本で、これで、このぐらいの棚にして。それで、プラスチックっぽくない、普通の白木でつくると、滑らないのね。こうやっておくと滑って倒れちゃうんですよ、普通のは。それがちゃんと止まる。このあいだ引っ越しをするのに、考えたら運び出せないから、いったん全部解体して、もういっぺん組み立て直して。まだこれくらいのことはできるぞ、と。

石牟礼　私はもうできなくなりました。指がかなわなくなって。原稿を、志村ふくみさんとの往復書簡と対談を企画されていて、ご辞退すればよかったのに、志村さんのファンだもんですから。あの人の色の感覚って、私は大変好きで。こんどのお能に出てくる子方の主役の衣を緋の色にしたいと思って、それで、紅《べに》の色を紅花《べにばな》で染めてもなかなか染まらないんですってね。緋の色になるというのは、なかなかむずかしいんですって。天草四郎の色は、みはなだ色という色。

池澤　水縹《みはなだ》ですね。

石牟礼　はい。みはなだ色というのは、クサギナという、ヨモギと一緒に摘んで食べていた春の草、それの実で染めるんです。「天の雫《しずく》の色」とおっしゃいますけど。それでやっていただけないかしらと思っていて。そして少女に着せるのは緋の色。というのは、「海霊《うなだま》の宮」という海の霊をしょっちゅう考えていて、生命界の母なる海の中の宮へ、その女の子が雨乞いの人柱になって入っていくんです。どんなに遠くから見ても緋の色というのは見えますから、小さな点のようになっても陸のほうから見える。舟に乗せられて連れて行かれるんですけど、そのときに着る衣裳を緋の色にしたい。それで志村さんにお願いしたいとずっと思っていて。「織りたい」とおっしゃってくださっていた。

　少女は、四郎の乳母だった人の娘です。四郎の家は、跡を訪ねて行ってみると、土地もたくさんあって、小西行長の右筆《ゆうひつ》をしていた人。右筆というのは大変大事な要職ですよね。その四郎の乳《ち》きょうだい、育てた人の娘を、緋の衣を着ていく役にしようと思っているんですけれど。

島原の乱のあと、大旱魃《かんばつ》がやってくるという想定です。それで、その時代は人柱を立てていたんですよね。旱魃のとき。その人柱にその娘が選ばれて。四郎とはきょうだいのようにして育って、妹のようにしてかわいがっていた娘です。「あや」という名前をつけて、そのあやに緋の衣を着せて、海底《うなぞこ》に。

村の人たちが、雨乞いの祈りを何日かやるんですよね。渚を行ったり来たりして、雨乞いの行事をやる。そしていよいよ舟を沖に送り出して、緋の衣を着たあやを舟に乗せてやるんですけれども、その緋の衣を村の女房たちが、涙ながらに、かわいそうだから一針ずつ縫って送り出すんです。漕いで行くのがずうっと見えている。岸辺では雨乞いの文言を唱えている。

そうすると、一天俄《にわか》にかき曇って雷が轟いて、海面いっぱいに稲妻が行き渡るんですよ。そして、その舟を直撃する。直撃するまで岸辺から見えている。あやの姿は。その紅《くれない》は。それは天の神さまの、雨乞いの行事とあやと、その村々に対する落雷。稲妻というのは、稲妻が落ちれば次の年は農産物がよくできると言われている。その予祝《よしゆく》、予め祝う天の配慮なんですね。その台本では。生命界の再生という意味が込められて、予祝として雷が落ちる。

それで海底の場面になって、四郎が自分の妹のようにしてかわいがっていたあやの手をとって海底を行くという最終場面になる。海底の花になるんですよ。その娘が。そして「海霊《うなだま》の宮」というのは、妣《はは》たちがいる宮で、生命界を司っているお宮なんです。そこへ道行き。幼い二人の。あの英雄の四郎じゃなくて、幼いときのことを思い出している四郎が出てくる。「草の砦」のほうは、小袖を持って炎の中に入っていく女たちのことを何とかつなげて書きたい。こっちは、タイトルは「沖宮《おきのみや》」ですが、緋の衣を着た海底の道行きを書きたい。海底に花が一輪、四郎に手をとられて沖宮に向かっていくところを。
　そんなふうにがらりと、「草の砦」とは変わった四郎にしました。そんなのはどうでしょうかね。

池澤　いいですね。

石牟礼　いいですか。こんな軟弱な四郎になっちゃった。

池澤　でも「沖宮」は、これはこれで言いたいことはたくさんあったでしょうから。

石牟礼　はい。

池澤　雷が落ちるということは人身御供として受け入れたということですね、天が。

石牟礼　受け入れたということです。

生命のつながり

池澤　一つ大事なこと。一人ひとりの小さな死、死んでしまうことが全体としての大きなつながった生命の、全部の生命の中へいったん回収される。そしてまた……。

石牟礼　新しい生命が生まれ直す。

池澤　そう考えると、亡くなった人たちに対して、少し気持ちが楽になりますよね。

石牟礼　はい。今度の地震のことも含めて、一人の生命じゃなくて、一人の生命も入りますけれども、この生命界の再生ということがテーマ。

池澤　でも、そのためには、大きな生命界があって、我々はそこからやってきてまた帰っていくんだということを、みんなが信じていなければいけないし、何よりも、草木、動物や海や空が全部つながっているんだということを信じていなければいけない。

石牟礼　はい。

池澤　それがなくなってしまったから、索漠たる思いがしているんだと思うんです。

石牟礼　そうです。

池澤　そう考えると、少し何かわかった気がします。一人ひとり、個人個人になり過ぎたんでしょうね。人がね。

石牟礼　そうですね。個人になり過ぎて、ばらばらになっちゃった。

池澤　あの加藤周一さんが亡くなる少し前にカトリックで洗礼を受けられて、あれだけロジカルな理詰めの人ですから、みんなが少し不思議に思った。そうしたら加藤さんが、「自分のところは母親も妹もみんなカトリックで、だから、このままで行くと向こうでさびしいから」とおっしゃったのね。わかりやすいなと思って。

石牟礼　わかりやすいですね。

池澤　それは、カトリックの教義がどうのこうのじゃなくて、つながりが向こうに行ってからもほしかったんでしょうね。

石牟礼　お能の話をいまさせていただきましたけれども、このごろ考えていたことはそういうことですね。生命たちと言ったって、人間や動物だけじゃなくて、虫も草も海の小さな生き物たちも、形あるものはみんな生命を持っていますよね。その生命の全体を考えないと。いまの近代というのは、そういうのをバラバラにしてきた時代でしたので、ここで猛反省をしてそこへ立ち返らないと、生命たちは助からないと思いますね。

池澤　もう二十年近い昔に、本当に立ち行かなくなってしまうのではないかと思って、いろんなことを勉強したんですよ。そのとき、東海村の原発に行って、こんなふうにしてやっているのかと思って。（それからあとは、あのころだからエイズのこととか、それからあちこちの戦争のこととか、一つひとつ考えて、キリスト教で終末論、つまり世の終わりが来るから、そのために悔い改めなさいというふうなことを言う論がありまして、ぼくは自分のその本に『楽しい終末』という意地の悪いタイトルをつけた。）そのときに東海村で原発を見て、そうしたらパンフレットをくれるんですけど、一生懸命「安全です」と言っているんです。硬い丈夫な厚いしっかりした鉄の遮蔽の中にしっかり閉じ込めている、と。そんなにたくさん言葉を並べるというのはおかしくないか。まるで仲人口ですよ。

石牟礼　はい。

池澤　きっと、あまりいいお嫁さんじゃないんだろう、と。だから、嘘っぽいと思ったんですね。新幹線がいまさら「安全だ」と言うか。そんなことはわかっている。ただ、原発の場合はそうじゃないから、一生懸命そう言わなきゃいけない。だからきっとこれは危ないんだ、と。そうしたら、二十年経ってああいうことになりました。だから、立ち行かないだろうというのはどこかでわかっていて、でも、そこからみなさん目を背けている。水俣のときに、もうそれはわかったはずのことであるというのを、最近思い返しています。

石牟礼　水俣のことは、肝心のことがどうしてもうまく言えない。特別措置法のようなああいうのが成立して、昨日も申し上げたと思いますけれど、四十年くらい前の魚屋さんで魚を買ったという証明書が、領収書がなければ、特措法の中に入れないとか、そんなばかばかしい。常識で考えて、一軒の主婦がそういうことを言われたら、どんなに無知でも、「そんなばかなことができるか」と思いますよね。

池澤　そうですね。四十年前の魚屋さんの領収書を持ち出す人が一人でもいるか。

石牟礼　いるでしょうかね。

池澤　無理ですよ。

石牟礼　そういうことも知らないアホな環境省があれを書いた、バカですよね。そういうことを知らない。知っててわざと知らんぷりをして書くんでしょうかね。ああいうのを。

池澤　そうでしょう、それは。あり得ないことだってわかっているけれども、こうやっておけば言い抜けができる。一応何か手当したことに形の上ではなる。それで押し通してしまえ、と思っているんじゃないですか。

石牟礼　押し通してしまえと思っているんでしょうか。民衆を、国民をばかにしていますよね。

池澤　しています。

石牟礼　白痴と思っている。それで自分たちの言うことはすんなり通るぐらいに思っている。こんなに国民をばかにしていいのか。

池澤　屁理屈の典型ですけどね。

石牟礼　はい。何と道義のない、姿勢のない、徳性もない、国民に対して一かけらの情愛もない政府。外国に対しても恥ずかしくないのかと思う。

池澤　ほんとうにそう。

沖縄と基地

池澤　沖縄に住んでいて、基地がたくさんあって、ちっとも動かない。事故が起こる。アメリカ兵が悪いことをする。それをぼくは内地の新聞に書く。それは沖縄がひどい目にあっているから、それこそ救済してくださいと言っているんじゃないんですよ。こんなことにしておくというのは、日本はみっともないでしょう、と。

石牟礼　みっともないです。

池澤　日本というのはその程度の国かと思われます。あなたたちのために言ってあげているんだから何とかしなさいと言うんだけれども、なかなか通じない。実現しない。

石牟礼　沖縄の人は苦労なさいますね。

池澤　このあいだちょっと書いたんですけれども、普天間に基地がありますね。普天間第二小学校、第二幼稚園というのが滑走路のすぐそばにある。飛行機が通るところまで百三十メートルです。

石牟礼　危ないですね。

池澤　そこを毎日ガーッと降りてくるでしょう。そうすると、五分間授業にならないんですよ。その騒音で。

石牟礼　ならないでしょう。

池澤　ええ。右翼の人たちが大きなスピーカーのついた車を靖国神社の周りで走らせて、ガーガーガーとすごい勢いでメッセージを叫んでいるでしょう、あれを借りてきて、どこでもいいから小学校から百三十メートルのところに停めてアメリカの飛行機の爆音を五分間聞かせてやる、そうやって日本中を回ったら少しはわかるかしら、と思って。

石牟礼　そうですね。

池澤　でも沖縄の人たちも、人の足を踏んでもすぐ忘れるけれども、踏まれたほうは忘れない、と言うんですよね。

石牟礼　そうですとも。

池澤　それがなんでわからんかなと思って。沖縄戦が最後の段階になって、海軍のいちばんの総大将、司令長官が最後に戦死するんですけれども、その前に参謀本部に電報を打って、「沖縄県民かく戦えり」と。したがって、このあともここの人たちに対して特別に配慮をしてくれ、よく戦った、と。

石牟礼　山本五十六さんじゃない？

池澤　ちがいます。山本さんは南方に行っていた。大田実という方。なかなか立派な人で、「特別のご高配を」と言って死ぬんだけど、何もしていなかったんですよね、結局。戦後の日本は沖縄に対して。まだまだいいようにアメリカへ差し出して。あのとき、昭和天皇が「沖縄はしかたがない」と、それこそ人身御供に差し出すようなことを言っているのがね。

石牟礼　言ったそうですね。あの人は終戦記念日の共同記者会見で「戦争責任をどう思いますか？」って一人の記者が聞いたのに対して、「私はそういう文学的なことは研究しておりませんので、お答えできません」と。何が文学の研究ですか。

池澤　だから結局あの方は、亡くなるまで沖縄に行けませんでしたね。

石牟礼　行けなかったでしょうね。

池澤　行きたいと言っていらしたらしいけれども、ちょっとそれは無理です、と。いまの平成天皇は何べんか行っていますよね。なかなか沖縄は難儀なことで。

石牟礼　沖縄のために日本国民はデモぐらいしてもよかです。

池澤　「うちへ引き取ります」と言ってくれてもいいですよ。基地の一つや二つ。

石牟礼　そうですよ。

池澤　きょうはこれぐらいにいたしますか。ありがとうございました。

石牟礼　ありがとうございました。

池澤　お疲れじゃありません？

石牟礼　まあ、疲れるのは毎日疲れていますので。

池澤　次の朝、もとへ戻っていますか？

石牟礼　朝は、眠るとちょっと元気になっています。

池澤　また、すぐまいりますから。六月に。

石牟礼　前もってお知らせくださいませ。

池澤　もちろん、そういたします。

石牟礼　シャケのおすしを。

池澤　はい。夕方から始めますか。一時間お話ししたら、もうご飯になったりして。

石牟礼　そのほうが助かります。昼からぶっ続けだと、体力がなくて。

池澤　ええ。じゃ、この次は夕方からにしましょうか。

石牟礼　はい。どうも元気が出なかったんですけど、きょうで少し元気が出たかもしれません。

池澤　やった！　沖縄で「元気つけて」は「クンチつけて」と言いますね。

石牟礼　クンチ？

池澤　あれは何なのかな、元気とか、栄養とか、「クンチつけて気張って」って。

2012年6月17日

おっぺしゃん

（池澤が持参した「江差追分」の録音を聞き終わって）

石牟礼　まぁ、何十年ぶり。八十年ぶり。

池澤　こんなにむずかしい曲をよく覚えられましたね、お祖父さま。

石牟礼　はい。だけど歌い続けると味が濃くなる。伸びやかな、さびさびとした声で、みんな途中で溜息をつくんです。

池澤　本当に覚えて歌えるようになると気持ちが乗せられる。気持ちがいいでしょうね。

石牟礼　気持ちがいいでしょうね。「真打ち！　真打ち！」とか言って、いちばん最後に歌うんです。ためらいもせずに。

池澤　いよいよ自分の出番だと思って（笑）。

石牟礼　はい（笑）。その前に私の父が素っ頓狂な音痴で歌っていました。「ストトン節」という歌を、いかなる作曲家も思いつかないような音が外れた声で、うれしそうな顔をして。

池澤　あれですよね。「ストトン　ストトン　通わせて」

石牟礼　はい。「ストトーン！」とか言って。

池澤　それも気持ちがよかったのかもしれない。

石牟礼　はい。うれしそうな顔をして。まあ、でも今日はよくお越しくださいました。遠い北海道から。

池澤　きのう福岡でちょっと仕事がありまして。でも新幹線だとあっという間に着いてしまいますね。普通の汽車で来ればよかったかなと思いました。

石牟礼　新幹線でいらっしゃいましたか。福岡から。

池澤　三十五分かそんなものですよ。

石牟礼　え。熊本まで？　福岡から？

池澤　ええ。博多を出て新鳥栖《しんとす》と久留米に停まって、次が熊本でした。

石牟礼　ほお。熊本まで三十五分。

池澤　だから物足りなくて、ゆっくりした汽車に乗ればよかったと思いました。

石牟礼　景色がすっ飛んでしまいますよね。

池澤　そう。それからトンネルが多いですよね。後から無理につくったから。

石牟礼　トンネルを出たかと思うとまたトンネル。

池澤　ええ。

石牟礼　ゆっくりした列車に乗りますと、水俣まで行くのにあいだに小さな駅があって、春先なんかは梅の花が咲いていたり桃の花が咲いていたり。小さな村落があって、それを見るのが楽しみでございましたけれど、近ごろはトンネルからトンネルに素通りしていきます。

池澤　何も見えないですね。

石牟礼　風情がないですね。

池澤　この前うかがったときには、自分が書いてきたものについていろいろ自信のないことを申しまして。失礼をいたしました。でもね、考えたんですけどね、やっぱり石牟礼さんがお書きになってきたものを読んでみると、どうしても自分が小さく思えてしまうんですよ。

石牟礼　私は水俣あたりの方言が今さらのように面白くて。私は担《かつ》ぎ屋をしていた時代がありますが、担ぎ屋列車と呼ばれる列車があって、それに乗ってくる担ぎ屋のおばさんたちは大変に元気がいいんですね。おかげで列車の中はわんわんというか、むんむんしていて。おばさんたちの熱気で。ふと思い出したのは「おっぺしゃんの団子汁《だごじる》のごとある女子《おなご》の衆」と男の人たちが言うんですよ。「おっぺしゃんの団子汁」って、「しゃん」というのは美人という意味でしょう。ドイツ語だそうですね。

池澤　そうなんですか。

石牟礼　よくはわかりませんけど、それは渡辺京二さんの説で。ふふふ。「おっぺしゃんの団子汁のごとある女子の衆がわんわん言うとる」って。団子汁というのは、箸の先で小麦粉を練り合わせて、まだ塊にならない柔らかい小麦粉を練ったのを、箸の先でつっかけてお汁の中に落として。

池澤　すいとんよりも小さいんですよね。

石牟礼　小さいですね。それを冬は好んでどこの家でもつくりますですよ。その「おっぺしゃん」の「おっぺ」というのはよくわからないんですけど、「おっぺしゃん」は不美人という意味で。不美人だけれどもなんとなく愛らしいというか、愛嬌のある不美人たちが団子汁のように沸き立っていると。

池澤　「おっぺ」がつくと「しゃん」でなくなるんですか。

石牟礼　そうですよ。「あら、彼女はおっぺしゃんだもん」だなんて、男の人たちが言うんですよ。それが団子汁のように集まって沸き立っている有り様を「おっぺしゃんの団子汁が集まって、景気のよかこつば言いよるぞ」と。担ぎ屋さんたちはみんな元気がいいです。

みっちんの言葉

池澤　このあいだから考えていましてね、ぼくたちはみな、石牟礼さんに騙されているのではないかと思って。

石牟礼　どんなふうにですか（笑）。

池澤　うん。最初はね、『苦海浄土』がルポルタージュである、ノンフィクションである、ということ。

石牟礼　ええ、ええ。

池澤　つまり『苦海浄土』は、石牟礼さんがテープレコーダーを持って、水俣病の患者さんのところに行って話を聞いて、それをちゃっちゃっちゃっと文字にして本にしたんだ、というふうな読み方が世間に広まっていたと思うんです。でも実はそうではない。患者さんの言葉も、お話も、いったん全部を石牟礼さんは自分の中に入れて、心の中にしまって、そのまま熟してくるのをずっと待って、それからご自分の言葉として患者さんのふりをしてお書きになっている……ということを渡辺京二さんがおっしゃった。

ぼくはそのときに自分は迂闊《うかつ》であったと思いました。ぼくも『苦海浄土』のことをノンフィクションかな、と思っていたところがあるんですよ。それはたとえば、お医者さんの報告書とか、官僚たちの言葉、チッソの人たちに向かって患者さんが言ったことは、そのまま写していらっしゃる。その部分はノンフィクション、ルポルタージュですね。

石牟礼　はい、はい。

池澤　だけど、患者さんの心の中とか、病気になる前の漁師さんたちの暮らしのこととか、それは全部石牟礼さんの中をいったんくぐって出てきた言葉ですよね。それが後になってようやくわかった。「つくる」……つまり「嘘をつく」ではなくて、石牟礼さんが創作していく、石牟礼さんが一から一つひとつ言葉を積み上げているということ。それに気づかなかったぼくは、本当に迂闊でした。

『椿の海の記』にしても、ついぼくは、石牟礼さんがお若いころ、みっちんだったころに、あのおもかさまや山のものたち、海のものたちのあいだで良い時を過ごされて、それを覚えていらして、文章に起こして、それが作品になった、と単純に考えていた。しかし改めて読んでみれば、実際には『椿の海の記』にしても、非常に手間のかかった凝りに凝った文章ですよね。

石牟礼　そうでしょうか（笑）。

池澤　そんなにさらさら出てきたもののはずがない。だから「方言の力です」と石牟礼さんがおっしゃるのはよくわかるんだけれども、でも、あの魅力は方言の力だけではないです。たとえば語彙の数が本当に多いですよね。

石牟礼　そうでしょうか。

池澤　きれいな言葉やきれいな言い回し、そういうのをたくさんたくさん秘密の袋の中に持っていらして、それを次から次へと出してこられる。それは思いつきでさらさら書けるものではなくて、実は大変な技巧ではないかと思うんですよ。

石牟礼　ふふふ。

池澤　それもまた、みっちんが書かれた世界が大変に魅力のある世界だから、ついそれに目をくらまされて、その後ろで一生懸命に動いている、石牟礼さんの心と手が、ぼくには見えていなかったんですね。

石牟礼　うふふふふ。

歌の記憶、母の記憶

池澤　歌をつくり始めたのは、自分の中から言葉をつくりたいという思いが湧いてきたからですか。年譜には十三歳からと書いてありましたけど。

石牟礼　考えてみると、母は全然教育のない人でしたけれど、天性の詩人ではなかったかと思いますね。私には「学校には、どこまでも出す」と言っていました。母の兄、つまり私の伯父になる人は、書物神《しょもつがみ》さまと呼ばれていた人なのですが、村の人たちに読み聞かせをして、大変に楽しませていたそう。でも早死にしてしまうんですよね。

國人という名で、最初はみな名前で呼んでいました。「クニトさま、雨の降りには書物を読んでくださいませ」と村の年寄りたちが頼みに来て言うんですって。雨が降り、仕事のないときには、みなが集まって来られて、「しぃのたまわく（子曰）」って（笑）。

池澤　論語ですか。

石牟礼　ええ、論語（笑）。声が別の部屋から聞こえてきました。集まっているところに、伯父が先に言うと、おじいさんたちがつけておっしゃる。ところが「クニトさま、『しぃのたまわく』はもうよか。まちっと面白かことば聞かせてくださいませ」って、どなたかが言っておられて、それを聞いた伯父はショックだったようです。伯父は心臓を患っていて、ごほんごほんと声が続かないときもある。結局「そんなら何か考えて読んで聞かせましょう」と言って、そしたら今度はときどき爆笑が聞こえる。何だったんだろうと思います。母も聞きたかったそうです。自分の親が発狂していますから聞けなかった、と言っていましたけど。

　母の母親も、「学校はどこまでも出す」と言っていたそうです。当時は長崎は、「花の長崎」と言われていて、今の東京よりもそっちのほうがよかったって、母は言っていました。当時、普通の人は下駄を履いていたけれど、女学生は編み上げ靴みたいな靴を履いていました。それで、花の長崎の学校に行くならば「靴も取り寄せてやる。袴《はかま》も、鞄《かばん》も、花の長崎から取り寄せてやるから行け」と母の母は言っていたそうですけど、結局母は行かなかった。「なんで行かんかったと」って言いましたら、「それは……」と大変に萎《しお》れた様子になりましてね。

　学校の近くに、川があったらしいんですね。橋は一本橋で、渡ると恐ろしうして、母がためらっていると、男の子がひとり、橋の下で「ハルノさん、俺がおんぶしてやるけん、渡るぞ」と言って、いつも待っておってくれたんですって。その人が瘡《かさ》のできた人で、家中吹き出物ができている家の子だったらしいんです。それが恐ろしさに、せっかく親切で待っていてくれたのに、学校に行けなかったって。受け持ちの先生がおんぶしに来なさったって。「私がおんぶして行くけん、学校に行こう」と言ってくれたらしくって。それで何週間か行ったそうですけど、その先生が結核になって休まれて亡くなられたそう。

　その待っている男の子のことを言うときに、母は実にか細い声でした。あれは母の原罪意識でしょうね。さらに「おっ母さまはおっ母さまで倒れるようになっとったし」って言って。その年上の男の子というのを言うときに、大罪を犯したかのようにうなだれて言いました。

池澤　お話を聞かせてくれたときには、何十年も経っていたわけですよね。

石牟礼　ええ、何十年も。聞いたのは死ぬ前です。私が「おっ母さまのお世話で大変やったな」って言ったら、「自分のほうが親にならんばと思うとった」って。母親が狂ったときにそう思ったみたいです。「いくつくらいの時分《じぶん》やった?」って言ったら「十《とお》時分やった」って。十時分で自分のほうが親にならんばって思ったそうです。感動しましてね、私。よくそんなふうに思えたなと思って。

そのときの母は、その男の子のことを初めて告白したんじゃないかと思います。「吹き出物ができた男の子が待っとったけん、学校に行かんかった」って。「学校に行かんかったら子守りに出すぞ」って親が言って、赤ちゃんのいる家に連れていかれたそうですよ。そしたら母は赤ちゃんが大好きで、すっかりその家になついてしまって帰ってこなかったらしい(笑)。

池澤　脅しにならなかったんですね。

石牟礼　はい。子守り大好きで。私は麦の粒を見ても母を思い出すんですけど——麦踏みというのがありますね、農作業のなかに。このくらい若い芽が出て。ずっと寒いときの麦畑の麦踏みに行くときに、私もついて行くんです。綿入れを着て。母は手で団子や餅をつくるのが大好きで、もちろん食べるのも。麦踏みをやりながら「団子になってもらうとぞ。ネズミ女《じょ》に引かすんな」って言っているんです。ネズミに「女《じょ》」という愛称をつけて、「カラス女《じょ》に持っていかるんな」って、麦の芽に言いながら踊るようにして、口に出してそう言って、麦畑を行ったり来たりする。私も真似して「ネズミ女《じょ》に引かすんな。スズメ女《じょ》に引かすんな」って言ってました。畑の農作業のあいだにも、即興の歌や踊りを大変楽しくやるんですよ。農作業というのは、田に草がいっぱい生えますから、草取りで腰が痛いんですよね。草取りは両方の手で取っていくんですけど、田んぼの水の中に四つん這いになって、ときどき水に浸かりながら、「ヒルたちに来らすんな」って言ってました。ヒルって気持ち悪いんですよ。吸い付いたら引っぱるのも気持ちが悪いし。

池澤　血を吸うし。

石牟礼　触るのも私、怖がっていましたから。母が取ってくれましたけど、なかなか離れない、食いついて。あれはとても気持ちが悪い。なんか歌のようなことを言いながら。「こげんなところに吸い付くもんじゃなかろ」って言って、母が取ってくれていました。歌に聞こえるんですよね、母が言うと。

池澤　それはつまり、やがて石牟礼さんがおつくりになった短歌につながっている？

石牟礼　つながっているんでしょうね。

池澤　そう、ですからね、石牟礼さんが言葉をたくさんお持ちで、それはとても味わいがあって、それは水俣弁であることもあるし、そうでないこともある。

石牟礼　天草弁ですね。

池澤　天草弁ですか。そのときはみなさんが言葉や上手な言い回しを持っていらした？　周りの方たち、お母さんをはじめ。

石牟礼　そりゃあ田舎の人たちはいろんな言い回しを、面白い言い回しをなさいます。

池澤　それも石牟礼さんの素材と言っていいのかな、お書きになっていくときの材料になった？

石牟礼　なってますね、はい。

池澤　でも、それだけではない気がするんですよ。つまり石牟礼さん自身がお集めになった、地方の言葉ではない、日本の文芸でずっと続いてきたような、いちいちここで読んだりはしませんけれども、それもとてもたくさんあって。

「見えない袋の中からひゅっと絞り出す」

池澤　お能を実際にご覧になったことはあまりなかったとおっしゃいましたけど、でもお能の言葉遣いをよく知っていらっしゃいますよね？

石牟礼　知らないんですよ。

池澤　そうですか？

石牟礼　はい。知らないのに『不知火』を書いてしまって。だから、お能をちゃんと稽古した人から見たら、異端じゃないですか。

池澤　そこのところが不思議です。湧いて出てきますよね、言葉が。

石牟礼　はい。

池澤　だってこれまであんなにたくさんお書きになったんだもん。それはやっぱり湧いて出てきたんですか。

石牟礼　湧いて出てきたんですね。

池澤　たとえば患者さんたちのこと。それから、そこにいらしたときに見たもの、杢太《もくた》郎《ろう》少年の話とか。それがあって、それからいきなりお医者さんの報告書があって、それから一緒に東京に座り込みに行ったときの記録があって、さまざまな文体を次々に使い分けて、繰り広げて、決して一本調子ではない複雑な構成になっている。それは長いあいだをかけていたからということもあるんですけど、とても手の込んだ細工をするおつもりがあったからですよね？

石牟礼　細工をするつもりはありませんでしたね。瞬間的に何か見えない袋の中からひゅっと絞り出すというか。それは村の言葉であったり家の言葉であったり。

　祖父の姉たち、三人の婆《ばば》さまがときどき天草から出てくるんですけど、実に魅力的な言葉で。「水俣の言葉よりもよか言葉ね」って思っていました、小さいころから。祖父の松太郎はきょうだいの中でいちばん末っ子で、男の子は一人。惣領息子として育てられたんですって。姉《あね》さまたちが来て意見をするんですよね、私の祖父に。それを聞いて「ほほう、姉さまというのは年を取ってからも弟を叱るんだな」と私は感心しました。祖父はなにしろ事業道楽と言われていたような人で、「お前さまは惣領息子として育てられて、長着《ながぎ》物《もの》を着せられて」と言われていました。というのも当時、働く人たちは男も女も、膝から上の短い着物を着ていましたでしょう。「それなのにお前さまは、裾まである長着物を着せられて大事に育てられたもんで、似合わん事業道楽ば始めて、家の財産のあっちの山、こっちの山、全部道に食わせてしもうて。

惣領息子というものは一族ば養わんといかん」って、丁寧な言葉だけど、でも躾け直そうとしている。それを聞いていると実に興味深くて。しかも「道に山を食わせてしもうた」って。「あっちの山もこっちの山も、ご先祖さまの残してくださった山を道に食わせてしもうて、どうやって一族を食わせていくつもりかえ」って、代わる代わる三人で松太郎をたしなめているんですね。

　松太郎さまは長い煙管《キセル》を持って、刻み煙草を、煙管の雁首《がんくび》というのに詰めて吸うんですよね。火鉢の端にかけて詰めようとしているのを見たんですけど、いろいろ言われるもんですから、詰め損なって、なかなか火がつかないんですよね。すると婆《ばば》さまの一人がマッチを擦って火をつけてやって、「そら、ついた。吸いませな」って煙草を吸わせて、でもそこからも延々と説教が続く。煙草の味はしよるかなって思いましたけど（笑）。「吸いませな」って。おかしいですよ、今思っても。

池澤　そういうおかしい場面をたくさん見ていらした、聞いていらした。

石牟礼　はい。

池澤　そういう方たちだったんですね。でもまだよくわからない、ぼくは。石牟礼さんの作品を読んでいて、どうしてこんなに心を動かされるんだろうって、毎回毎回そう思って。こうやって面と向かってうかがって、「それはこうやったからです」と答えが返ってくるとは全然思っていないんですけど、でもね。

『苦海浄土』の描き方

池澤　賞を辞退なさったことがありますね。

石牟礼　ああ、大宅壮一ノンフィクション賞。

池澤　熊本日日新聞文学賞もですね。

石牟礼　はい。

池澤　あれはやっぱり自分が書いてきたことと、賞を貰うということがそぐわないと思われたんですか。

石牟礼　そぐわないと思いました。それに、ノンフィクション賞ということでしたので。聞き書きとして優れてるって意味でしょう。

池澤　それがさっきぼくも言った世間のまちがいですよ。

石牟礼　聞き書きじゃないもん、と思って。

池澤　そうか。そういうことだったのか。

石牟礼　そこに大変違和感がありまして。

池澤　そうだったんですね。

石牟礼　賞なんか貰ったら、これは患者さんのためというよりも、自分の文体の世界をつくりたかったのであんなふうに書いた、と思われる。でも「聞き書きじゃありません」と言うわけにもいかないので、黙って辞退しました。

池澤　恐ろしいですね。選考する側が読みまちがいをしていたわけですね。いちばん大事なところでね。

石牟礼　でもまあ、褒めてくださったから。

池澤　それは賞を出すんだから褒めますけれども、全然見当ちがいに褒められても気持ちが悪いでしょう。

石牟礼　居心地が悪い。

池澤　石牟礼さんはなかなか一筋縄ではいかないんですね（笑）。

石牟礼　あはははは。とぼけてますよ。

池澤　でしょう。それでみな、騙されるんですけどね。二段三段仕掛けがあるんだけれど、それが全部自然に動いているから、ないように見えてしまう。さらに、石牟礼さんがお書きになるものはどれも本当にいいから、そこのところをいちいち理屈をつけて言ってもしかたがない気がして、「読みましょう」と言って読んで、それで終わりになってしまうんですよね。

石牟礼　でも、このたびは池澤さんのおかげで『苦海浄土』（「世界文学全集」Ⅲ-04）が売れているそうでして。

池澤　それは世間が気がついていなかったこと、ぼくがちょっとだけ早く気がついた。

石牟礼　いや、ありがたいです。

池澤　巻末にぼくがつけた解説があるんですが、あれは自分でもずいぶんがんばって書いたと思います。ぼくにとっても大事なものが書けたなと思えたし、石牟礼さんの大事な部分に近づいた気がしました。

石牟礼　いや、よくぞ読んでいただいて、あんなふうに書いていただいて、とってもありがたかったです。

池澤　作品を読んで、石牟礼さんの憤りを何割か共有できたからですよ。たとえば単純に、チッソがいかにひどいか、厚生省がいかにひどいか、という告発の文章だけで構成すると、一本調子になってしまう。それに対して「幸せな暮らしがあったのに」という側をたくさんお書きになっていたという文学的な想像力があるところも、読み返してよくわかった。

ぼくは、世間の人たちが読みちがいをしたり、長い本だから敬遠したり、「どうせ公害の話でしょ」で済ませたりする、そういうところを「そうじゃなくてこっちですよ。入口はこっちですから、ここから入っていくと、こういうふうに面白いですよ。そんな簡単な話じゃないです」と、世間さまの手を引いて連れていくことがしたかったんです。

石牟礼　ご苦労でございましたね。

池澤　ぼく自身、解説を書きながらいろんなことを発見できたなと思います。何て言うんだろうな、あとでいい気持ちになれた仕事でした。

石牟礼　ありがとうございました。あんなふうに読んでくださる方が出てきて、作者冥利に尽きるというものでございます。

池澤　でもそれは、先ほども申し上げたように、渡辺さんがいてくださったからだし、このあいだは鶴見和子さんとの対談を改めて読んでみて、「こういう側も自分には全然見えていないかったんだな」と思ってしまいました。まだまだ修業不足です。

石牟礼　うれしゅうございます。ありがたく思います。

「無限というのは怖いです」

池澤　やっぱり昔から、世の中で栄えている人たち……、いや、ちがうな。上からものを言う人たちに対して、「それはちがう」と言い返すような姿勢でいらっしゃいましたね。

石牟礼　はい。

池澤　だからたとえば谷川雁さんに会われていろんなことをなさる。サークル村に入ったり、いっときは日本共産党にも入っていらっしゃいましたね。

石牟礼　あははは、まちがえて入りましてね（笑）。

池澤　まちがえたんですか（笑）。

石牟礼　いや、まちがえたんですよ。詩人たちの集まりとばっかり思っていましてね。

池澤　それは……（笑）。

石牟礼　そのとき、私は短歌を書きあぐねていまして。既に周りで奇病が出始めて、あちこちで異常なことが起きていまして「短歌の叙情ではこれは書けない」と思って、苦しんでいました。それで共産党に入れば詩人たちがたくさんいるし、そこで勉強すれば書けるかも、と思ったんです。どう書こうか、新しい文体を求めていたんですよ。既に雁さんは脱党しておられたのに、入れ替りに入党して。だけど入ってみたら、まあ、とんでもない。入党しましたら赤旗拡大月間とか党員拡大月間とか、成績を上げなくちゃいけない。でもそんなこと、私はできないんですね。「赤旗を○○さんは○部増やした」とか「党員を○人増やした」とか。

池澤　それは担ぎ屋さんで山に行ってイワシをお米に換えられなかったのと同じではないですか（笑）。

石牟礼　そうですね（笑）。そのうちに雁さんの一派ということもわかってしまって。雁さんは除名されていましたが、私はそれも知らずに入ったんですよ。そしたら第六十何回だか、三十何回だか、えらい差がありますけど、世界の党の大会で、中国とソ連の原爆はきれいだということが決議された。なんていう決議をするんだろうと思いましたね。「そんなはずはありません」って言いました。でも「党が決議したんだからまちがいはない」って幹部が言うんですよね。「でもそれは絶対反対」って言うと、「あんた、世界の共産党の幹部たちが集まって決議したのに、一人で反対するのか」と言われたので、「一人でも反対します」と言いました、これはもう絶対譲れんと思いました。そうすると「あんたは偉かね、世界の共産党にたった一人で反対するって。トロツキストや」って。

池澤　そういう言葉が出てきたんですか（笑）。

石牟礼　はい。でも「トロツキスト」って何のことかわからない。知りませんでした。トロツキーという人がいて、スターリンの敵だということらしい。

池澤　最後はメキシコで殺されましたね。

石牟礼　殺されたんですってね。そう、これも腹が立って「トロツキストって何ですか」って言って。「私は共産党をやめる。こんな党って思っていませんでした。私はまちがってた。私はやめる」って言ったら、「やめたらいかん」って言うんですよ。「党の拡大月間にやめるとは何事か」って。無茶苦茶なところだと思いましたよ。そしてさらに波状攻撃が来るんですよ、説得しに二、三人ずつ、家に。その人たちも帰って「やれやれ、寝よう」と思って寝支度をしていると、また次のグループが来て説得にかかるんですよ。同じことを言う。阿呆ばっかりだなって、私もさすがに思いました。八キロばかり痩せましたよ。

池澤　最後にはやめられたんですか。

石牟礼　やめましたとも。最後には除名となりました。

池澤　除名してもらえたわけですか。

石牟礼　はい。

池澤　組織にしたり、たくさんの人が集まって上から順番をつけるようなことをすると、どうしてもそういうことになりますよね。ただ人が集まっているだけではなくて。

石牟礼　あれは何でしょうかね。

池澤　ぼくは一度も党の類に入ったことがないというか、入ることができないというか。みなで一緒に何かやるというのが本当にだめなんですよ。

石牟礼　みなで一緒にやるとおかしな人が出てきますね。自分もおかしくなる。

池澤　たぶんぼくがすごくわがままなんだと思うけど、野球なんかもできないんですよ。

石牟礼　スポーツ、何が勝ち負けという、ああいう種類のことは何の興味もないんです。

池澤　ないですね。一人で走ったり泳いだり、自転車に乗ったりするのは好きなんですけど。勝ち負けがだめで、チームをつくるのがだめですね。

石牟礼　はい、はい。

池澤　しかたがないんだな、これは。

石牟礼　そういう世界には全然興味がなくて、さらに数というのが出てくるとこれがまただめ。

池澤　怖いとおっしゃっていましたね、限りなく続くのが。

石牟礼　数というのは無限にある。世の中が終わっても数というのは続くって、父が言いましたもので。無限というのを知ったわけですね。無限というのは怖いです。たとえば、おもかさまの病気は永遠に続くと思ったりしましたですよ。

池澤　もともと日本人はあまり無限とか永遠とか言わないんですけどね。永遠の命なんていうのは、あれはキリスト教の考え方で。日本は、時とともにすべてが変わっていく、移ろう。それが世の中であり、世界であり、自分たちだと思ってきた。だから無限も永遠も、言葉としてはもともとの考え方とはずれているのでは、と思います。

歌から散文へ

池澤　ちょっと話を戻します。『苦海浄土』を書くにあたって、それにふさわしい文体を探していらした、と。

石牟礼　はい。ええ。

池澤　では、その後にいろんなものをお書きになっていますし、それらは全部『苦海浄土』の漁師さんたち、患者さんたち、あの言葉遣いやそれを伝えるために石牟礼さんがつくった文体がもとになっている。つまり『苦海浄土』があったから、あとで『椿の海の記』も出てきたし、『アニマの鳥』も出てきた、ということですか。

石牟礼　そうですね。

池澤　短歌から散文へ、散文といっても、方言の絡みついた散文へ、というところでできあがったんですね、作家、石牟礼道子は。歌人ではなくて。

石牟礼　まあ、短歌的な叙情というのは体質的に持ってはいるんですけど、短歌では水俣病のことは書けないと思いました。

池澤　そうですね。

石牟礼　一つには、大変尊敬していた男の歌人が自殺してしまったもので。彼は予告して死んだんですよね。何か自分が死んでいくのを、みなに見せたかったんだと思いました。大変に才能のある人でした。この世の虚無を全部ひとりで背負っているような。

池澤　短歌というものへの絶望も、その方の自殺の理由にあったんでしょうか。

石牟礼　よくはわかりません。もうちょっと事情を聞いておればよかったんですけど、当時は電話もないし、私は水俣にいるし、その人は来《く》民《たみ》というところに。熊本市からちょっと離れたところです。

亡くなった後に一度訪ねていきました。彼の出身は来民団扇《うちわ》という団扇の名産地です。友人たちの話だと、終戦の直前には北朝鮮のあたりにいて、召集令状を受けてソ連に抑留されたの。何年か、二年くらいかな、一年ちょっとですかね、その後帰ってきて、それからその人は短歌をつくり始めて、「南風」という、歌人による雑誌がありましたけど、それに投稿して。

私は最初は「毎日新聞」の短歌欄に投稿していたんですよ。そのとき、彼も投稿していた。情感の実に深い、しかし哲学的な歌を詠む人がいるなと思ってました。それが、新聞の紙上で歌を取り交わすようになって、そのグループを中心にして「南風」という会ができて。さらに選者の先生が主宰して、雑誌が出るようになって。「南風」の歌会というのが毎月あったんですよね。でも私は水俣にいますから、毎月出るわけにいかないですよ。お金がないし。半年に一回くらい、なんべんか会いましたけど。その人が私のところに訪ねて来たりして。あれは一緒に死ねばよかったんでしょうけどね。とてもいい歌を残してますけどね。私は家庭がありますから。息子もおりますし。

当時、農薬自殺が流行っていたこともあって、彼は歌会に行くとよく毒薬の瓶をひらひら振って見せていました。そんな彼を取り巻いて、何人かの歌人たちが心配して見張っていました。でもその見張りの中にいて、とうとう飲んでしまった。毒薬の瓶を振って見せながら「まだ半分は残っているんだよ」とか言って。何ということを言う人だろうかと思っていましたけど、本当に死んでしまった。

そういうこともあったりして、短歌をやめたんです。会もやめまして。私の、何か影響が深いところにありますね、その事件。

池澤　その後、「南風」をおやめになったこととは別に、短歌そのものから遠ざかりました?

石牟礼　はい。書いてもなんだか嘘っぽいと言いますかね。自分の感情と、短歌的な美学そのものが。

池澤　ぼくは昔、詩を書いていて、それから小説を書くようになったら、逆に詩が書けなくなっていて。なぜかと考えてみましたらね、世の中で見聞きしたことや体験したこと、そのまますぐには文学にしないですよね。いったん自分の中に取り込んで、置いておいて、もう一つ別の契機とぶつかったときに言葉が出てくる。最初に見聞きして「これは面白い」とか「これは大事なことだ」と思ったときに、詩の材料の形に仕立てて冷蔵庫に入れるか、小説用に下ごしらえしてしまっておくか、ちがう気がするんですよ。

石牟礼　そうですね。

池澤　あとになって「この材料は小説の材料にしかならない」というものばかりが残って、そうするとなかなか詩は書けなくなりますね。

石牟礼　はい、はい。

池澤　だから、半分ふざけた軽い詩しかできなくなってしまいました。

石牟礼　私は今、詩を書いているんですけど。

池澤　あの詩は素晴らしいですよ。

石牟礼　いやあ、まだ取りこぼしがたくさんありまして。取りこぼしのほうがいいかといえばそうでもない。

池澤　あはは。

石牟礼　最近なんともおかしな詩を書きました。「現代詩手帖」で「毎月、詩を書いてくれ」と依頼がきまして（のちに『祖さまの草の邑』として出版。現代詩歌花椿賞受賞）、「詩でも書くか」という感じがして書いたんです。これはおかしな詩だなと思っていたら、編集者からも「何度読んでもおかしみの残る作品です」と言ってもらいました。

あの、このごろ、この施設にいる人たち（石牟礼は介護施設で療養中）からも貰うんですよ、詩の材料を。さっきここに坐っていた人は、スズメがお家の中に巣作りをしに来たんですって。そして糞を落とすもんで衛生上悪いと思って、ガムテープを棒の先にくっつけて追い出して。そして全部追い出したと思ったら、一羽か二羽か残っていたらしいんですよ。なのでさらに出口を塞いで「やれやれ」と思っていたら、スズメたちが、あとの一羽が残っていたからでしょうね、ちゅんちゅん、ちゅんちゅん、怒っているのがいる。そうすると前のほうでぐじゅぐじゅ、ぐじゅぐじゅって鳴いてるのがいる。中のが一羽、卵を温めているか何かしているんじゃないかって。でもそれも追い出してしまって、その場がしばらく、とても異常な雰囲気になったっておっしゃってました。

でもそのスズメたちを、路頭に迷わせたんじゃないかと思って、気が咎《とが》めて気が咎めてしかたがなかったらしくって。スズメ強盗というのがあって、「あんなことをしたことが人さまにわかれば、私のことを不人情な人だって言われるんじゃないかって、今でも気になる」っておっしゃるんですよ。それを詩の中に書いたんです。スズメは「ちゅんちゅん、ちゅんちゅん」だけじゃなくって、非常の場合は「ぐじゅぐじゅ、ぐじゅぐじゅ」って言うんです、って。

池澤　沖縄に住んでいたとき、ぼくの家で外の壁にツバメが毎年巣をかけてましたね。たしかに糞が落ちるんだけど、ちょっと板を当てがって下の郵便物の上に落ちないようにして。でもツバメも子育てをしているときは気が立っているから、突っかかってくるんですよね。その近くに行くだけで、もちろんこちらは手出しなんかしないんだけど、頭を目がけてひゅうっと飛んできますよ、「近くに来るな」って威嚇《いかく》する。

石牟礼　ほう、ツバメが。

池澤　「軒先を貸してやってるのに何だ」ってこちらは思いながら（笑）。でもツバメの言うことを聞いてそばに行かないようにしました。

石牟礼　はいはい。

池澤　あとはイソヒヨドリという鳥がいましてね。それがやっぱり家の一階の軒に巣をつくって。そこだと蛇がのぼってこられないんですよね。ところがその一階の軒は、二階の側から見ると鉄の格子が載っているだけなので、丸見え。だからときどき、そうっと行って、影が見えると雛たちがちぃちぃちぃちぃと餌をねだるんですよ、ぼくは親じゃないのに。でも結局最後には、みな巣立っていきましたね。なかなか楽しいことでした、あれは。

石牟礼　スズメが来ると楽しいですよ。みなが家族なんでしょうね。小さいのが回らない舌でちゅんちゅんと、首をちょっとかしげて親に何か言っている。親たちは、一家の朝の始まりが、首の動かし方でわかるんですよね。見てると実に楽しいというか、何をしゃべっているんだろうと思って。何か昨日見てきたこととか、何か変わった話題を言い合っているにちがいない。ところがこのごろは来なくなった。昨日は二羽来て、何か言い合ってました。ただ目的なしにさえずってるんじゃなくて、何か語り合ってますよ、よく見てると。

池澤　そうやってスズメたちに目を注いでいらっしゃる石牟礼さんって、昔のみっちんとまったく同じですよね。

石牟礼　だって楽しいですよ。うれしいですよ。私も会話に入りたい。さっきの方も「スズメ語がわかれば、私も会話に入りたい」「路頭に迷ってるんじゃないかしら、私が追い出したから」って。それで罪の意識で家に帰ってから眠られんとおっしゃる。その日はとっても大変だった。スズメだけじゃなくて、いろんなものたちが会話をしたり、呼吸をし合ったりしていました。ハトが自分よりも小さい、何の鳥かわかりませんけども、まだ生きてばたばたしてるのを、突ついて食べてる場面も見たらしくって、最近。「生きたまま食べるんですね。ハトっていうのは平和の鳥じゃなかですよ」って私におっしゃる。そういう残酷な場面を私は見たことがありません。見たくもない。

池澤　「あんなに喧嘩好きな鳥がどうして平和の象徴なんだ」とピカソが言っていますよ。ピカソはハトの絵をたくさん描いています。だから観察したんでしょうね。

石牟礼　見たんでしょうね。

池澤　ベランダに来るハトを見て描いたんだけど、見てるとけっこう喧嘩をしてると言ってましたね。

とんとん村

石牟礼　私が書くのはだいたい父の語り。おじいちゃんの松太郎の話なんかも、知り合ったらこう言うだろうと。

池澤　お父さまとは、亀太郎さん？

石牟礼　はい。

池澤　それは言葉遣いだけではなく、ものの考え方？

石牟礼　はい。近所の年寄りだったら特別の、超特別のことではないんですよね。身辺にいる年寄りたちはこんなふうに思うだろうって。それは、水俣、奇病の問題に、具体的な症状とか日常のやりとりとかを当てはめれば、さして難しいことじゃありません。

池澤　でもそれは石牟礼さんが近所の年寄りと親しくしていて気心が知れているというか。

石牟礼　親しくしていたわけではなくて。うちはよく人が集まる家で、とくに、町のほうから落ちぶれて最低の生活になったので。

池澤　それはとんとん村のころですか。

石牟礼　とんとん村のころ。それで村の人たちに興味を持たれて。どういう家じゃろうかと思って。好奇心が強いんですよね、村の人たちって。「こんにちは」と言ってきて、すると母はあの人柄ですから、入りやすい家だなって思われたにちがいない。それで長々と三時のお茶を飲んで、昼寝までして、「ああ、今日は極楽じゃった」と言ってお帰りになる。晩に遊びに来た人は、父が焼酎を飲んでいると、「一杯どげんな」とか言って差し上げるでしょう。そうすると喜んで長居をして、そのうちに話に花の咲く晩ができてきて、そういう話をそばで一生懸命聞いていました。

池澤　聞いていらしたんですね、大人たちの話を。

石牟礼　はい。それで、「今ほら、山の神さまと川の神さまが入れ替わりよんなさる」って。「田んぼの畦《あぜ》の溝を上ったり下ったりしよる」って。「ひゅんひゅん鳴いて行きよんなさる」って。そう言って耳をこうして澄ませるんですよ。私も一生懸命に耳を澄ますんですけど、聞こえないんですよ。それで、この人たちのようにうんと年を取らなければ聞こえないんだろうと思いましたね。早く年を取って聞きたいものだと思っていました。川の神さまと山の神さまが入れ替わってひゅんひゅん鳴いているって。その「ひゅんひゅん」が聞こえないんですよ、私には。

池澤　今から思えば不思議な世界ですけど、それがごく当たり前に聞こえていたんでしょうね。

石牟礼　聞こえていたんでしょうね。聞こえると思っていらした。それで私の家は、何ていうか、舞台ですよね、高座に上がったような。江戸の下町に比べたら。いかに面白くみなの興味を引きつけるように話すかという、芸ですよ、あれは。芸だったと思います。そういう共同体。

池澤　子どものときの育ちがそのまま宝だったんですね。

石牟礼　そうです、宝です、とんとん村へ行ったのは。とんとん村というのは差別語で、水俣では。色川大吉先生はまちがって「石牟礼さんは被差別部落の出身」とお書きになりましたが。その村はどうやって始まったかというと、三人兄弟がおって、一人は牛馬を殺す屠場の人。一人は皮を剝ぎなさる人。一人はそれを干して太鼓をつくる。とんとんと試し叩きをなさるので、その音が川を越えて水俣の町まで聞こえる。それで「とんとん」という村の名前になったと。俗称ですね。

　私が子どもだもんで、もと住んでいた栄町が恋しいものですから、ときどき行くと、「みっちゃん。あんたげはどこになおんなはった？」と言うんですよ。私が「とんとん」と言うんですよ。そうすると「はあ、とんとんにな……」と衝撃を受けたように町の人たちが言っておられました。それでとんとんには何かわけがあるにちがいないと思っていました。

池澤　とんとんへ移るというのは、松太郎さんが事業に行き詰まって、ひとまず身を移した先ですね？

石牟礼　はい。

池澤　他ならぬとんとん村へ行くというのは、相当な覚悟でいらしたんでしょうか。

石牟礼　どうでしょうかね。栄町にいるときも、後には差し押さえに遭うような暮らしでしたけど、とんとんの家というのはいかにも、子ども心にも「貧乏になったな」と思う家で、藁屋根の一間っきりしかないんですよね。それで土間があって、土の釜戸があって、そこの前から家に上がる。一間っきりしかないんですよ。六畳くらいだったでしょうか。押し入れはついてまして、お仏壇を置くところはありました。

隣の、水俣の川口には、上流から見たら右側のどん尻になりますが、そこに避《ひ》病院があって、伝染病があったときにはその避病院に入れられる。水俣病の患者も最初そこに入れられていたんです。その先には火葬場があるんですよ。伝染病にかかったら避病院に入れられて、死ねばそのそばに火葬場がある。避病院と火葬場のあいだには荒神《こうじん》という土地があり、そこがとんとん村と呼ばれていました。荒神さまは竈《かまど》の神さまでもありますよね。その荒神に三軒家があって、そのうちの一軒でした。あれは人間が住む家じゃなくて、船小屋か何か。

祖父はそういう暮らしのなかでも船を一艘買って、世間に石の目利きの神さまと言われていて、道楽者でしたけど、石のことをよく話題にしていましたね。宝川内《ほうがわち》石とか大矢野石とか御《み》影《かげ》石とか、石の名前がよく出てきていました。それで絵筆を持って、地面に紙を敷いて、仏像の絵を描いたり。芸術家気質だったですね。そんな人で、だけど家の見かけの貧しいこと。船小屋でございます、きっと。網小屋。そこが空いていたんですね。そこへ行ったときは「あらあ、うちは貧乏ばいな」と思いましたね。

ある夏、高潮がやってきて、大雨のときに畳が浮き上がったんですよ、寝ているあいだに。畳というのは浮くとなかなか下りられません。傾きますから、水の中で。ずるっと水の中に落ちるんです。立ってみたら臍《へそ》まで来ておりましたけれど。それでお仏壇も下駄も地下足袋も藁草履も、学校行きの鞄も浮いて、お竈《くど》さんも浮いてる。父の手作りの仏壇も浮いてる。畳も浮いてる。もうぐちゃぐちゃになって家の中に浮いているんですよ。高潮というのはどっと来るんじゃなくて、静かに水位が上がってくる。

池澤　ひたひたひたひたと。

石牟礼　上がってき始めたのをみな、夜中ですから気がつかないで、畳が浮き上がってから気がついて、それで下りられなくて、あっち傾きこっち傾きして、助けを呼んでいたら父が助けてくれましたけど。仏さんもお竈《くど》さんも、足袋も下駄も学校行きの鞄も布団も、それから初恋の少年から貰った、生涯に一冊しか持っていなかった『おやゆび姫』という絵本も浮いているんですよ。そして水がひいて、ちょうど隣のおばあちゃんが亡くなった晩で、お通夜があったんです、その晩。まだ水が上がってこないときに。そしたら隣の家で「あらあら、仏さん、どぎゃんしようか」って声が聞こえる。それで父が。すぐ隣ですから。

池澤　その仏さまは仏壇じゃなくてご遺体ですね。

石牟礼　ご遺体です。おばあちゃんが。

池澤　それは大変だ。

石牟礼　押し入れの上に載せて。押し入れも浮いていますからね。鍋釜も浮いていますから。どうやって載せられたのか。「やっと仏さまを押し入れの上にお載せしてきた」と父が帰ってきて、それから我が家の浮いているものをとりあえず見て。よく覚えてますけど。その明くる日に水が引いてからが大変。干さなきゃならない、浮いたものを。私は大切にしていた絵本を取り上げましたら、ばらっと離れてしまいまして、それがとても悲しかった。畳なんかは乾かないですね、潮に濡れたら。

池澤　べたべたしてしょうがないでしょう。

石牟礼　ええ。すぐ後ろが避病院から火葬場へ行く道で土手がしつらえてありまして、その土手に濡れた畳を立てかけて干していたようですけど、とうとう乾かなくて、「堆肥じゃ」と言って堆肥にしておりました。

池澤　その家に村の人たちがいつも集まってお話をしたりしていた？

石牟礼　はい、はい。

池澤　そんな貧しい家に四、五人、よく集まって来られて、お話に磨きがかかって。それで自分の世界をみなさん、持っていらっしゃる。お話しなさる世界を。それをどんどん面白がって、お互いに褒め合って、「今夜の話はようでけた」と言う。

石牟礼　そのとき初めて文字を、ひらがなを覚えましたでしょう。「これは人の名前」と初めてわかったのは「つるみゆうすけ」とふりがなが振ってある。それから漢字が、むずかしい漢字があるでしょう。鶴見和子さんに言えばよかったです。俊輔さんに言おうかと思って。

池澤　この前、その話をうかがって、ぼくから俊輔さんにお手紙を書いて送ってあります。だからいずれぼく経由でお返事が来るかもしれません。

石牟礼　ああ、そのときに「これは人の名前かもしれん」と思いました。

池澤　そのときは、文字を使えば、文字を連ねていけば、世界がひとつできるというか。

石牟礼　文字を使えば、今見ている景色とか、今見ている人とか、全部立ち上がり直すんだなという経験をしました。綴り方の時間が大好きで、鐘が鳴ってもずっと書いてるんですよ。「もう終わったぞ、吉田君」って。

池澤　それは生まれついての文学者、詩人ですよね。

石牟礼　何と言うんでしょうかね。大変にうれしかったです。

池澤　鉛筆の先から世界が出てくるのは面白くてしかたがないわけですよね。

石牟礼　おっしゃるとおり、鉛筆の先から世界が立ち上がる。そういう自覚がありました。

池澤　そうか。すごいな。だいぶわかってきました（笑）。

石牟礼　うふふ。

池澤　お疲れではありませんか。

石牟礼　今、薬が効いていて。揺れがきているのは薬が効いてない現象ですって。最近、薬が効かなくなっている。それでしょっちゅう薬を飲んでいないといけない。

池澤　だんだん増えますか、薬の量は。

石牟礼　いや、これ以上飲んでほしくないとおっしゃっております、先生が。水俣病の気が少しあるんでしょうけど、ちょっとちがいますね、患者さんたちとは。水俣の人間ですから食べ続けています、魚は。魚は常食ですから、少しは症状が出ても不思議ではない。ですけどちょっとちがいますね。パーキンソンというのにかかっている。まあ、しかたがありません。

池澤　今、ぼくは父親の若いころの日記を本にするという仕事をしていて、去年一冊出したんですけど（『福永武彦戦後日記』新潮社）、もう一冊出さなければいけない。それを読み返していて、昭和二十四年から二十八年くらいで、清瀬のサナトリウムにいる時期なんですね。

石牟礼　清瀬って谷川雁さんもいらっしゃいました。

池澤　石田波郷《はきょう》さんもいらっしゃったんですよね、俳句の。

石牟礼　俳句の、ほほう。

池澤　そのときは病気はだいぶ安定していて、あと何年かで出られそうというときで、妻とは別れる話を進めていて、結局その翌年昭和二十五年に別れてしまうんですけどね。昭和二十年から二十八年くらいの日記が、終戦の年から始まって、全部で四冊あるんです。

　それがね、一冊目は昭和二十年の九月からで、戦争が終わったのがうれしくて、日本中を旅してまわるんですね。帯広にぼくとぼくの母親を残して（帯広は母の実家だったものですから）。自分はまだちゃんと走らない汽車を乗り継いで北海道から信州に行って、それから岡山に行ったのかな、自分の父親と伯父がいたから。それから東京に戻って、職探しと言いながら社会を見てまわったんですね。友達に会ってまわったり、とても希望がある。その後で帯広に戻って、とてもむずかしい時期だったんだけど、なんとか住む家を見つけて暮らし始める。そこまでなんですよ。苦労は多いけど希望がある。

二冊目がその翌年で、結核がわかって帯広のサナトリウムに入って、「いったい自分はどうなるんだろう」と不安になる。それよりも妻のほうが少し精神に異常をきたして、まだ若い身空で重荷を背負わされたものだから、それで自殺をほのめかすんですよ。それをなんとかなだめながら、しかし不安であるという、とても暗い時期です。そこまでを去年、本にしたんですね。

石牟礼　そうですか。

池澤　その暗い日記の最後に東京へ行くことにして、東京で清瀬のサナトリウムに入って、何年か過ごして、病気は小康状態で、命の危険はないけれども治るのは遠いという時期の日記を、きのう丁寧に読んでいて。その次になると、そこを出られることがだいたい決まっていて、他の患者さんたちとも行き来があって、そのなかの女の人たち二人くらいと仲良くなっていて、後に一人と結婚するんですけどね。

　その四冊が四つのお芝居みたいに見えて、明るいのから急に暗くなって、それからしばらくじっと我慢している時期があって、それからまるで飛行機がずっと滑走して離陸するみたいにだんだんよくなっていく時期があって、結局サナトリウムを出てからは大学の先生で食べていけたし、小説も評判になって作家として認められて。

石牟礼　お父さまの作品を読んでないんですよ、私。

池澤　いいです。それより目の前の作品を書いてください。

石牟礼　でも、作家の子どもってどういう育ち方をなさったんだろうと思っています。

池澤　なにせ母親と離婚したものですから、ぼくは母にくっついていまして、母の再婚相手である池澤の側にいたんですね。つまり、子どものころに自分が福永という名字だったことは覚えているし、母親の詩人仲間に福永がいたことも覚えているんですが、そっちが自分の父親だとは夢にも思わなかった。とても迂闊《うかつ》なものですよね、子どもって。ぼくと十六しか変わらない池澤のほうを実の父だと思っていたんですよ。

　高校生になったときに「お前の父さんは、実は福永さんで」と教えられて、ほとんど行き来はなかったんですけど、なかなか衝撃でした。それから読み始めたのかな。ぼくにとってそんなに面白い文学ではなかった。だけど自分自身が本を読むのが好きだったし、たぶんどこかで書くほうにまわりたいと思っていたから、煙たかったですよね。もう一人前の立派な作家が自分の父親だとわかると。世間はみな知らなかったけれど。だから父親が生きているあいだは小説を書きませんでした、一切。普通は同人誌をつくってみたり、試しに短いものを書いてみたりしますよね。でもそれを一切していないんですよ。一つは比べられたらたまらないというのがあって。

石牟礼　はい、はい。

池澤　もう一つは、ぼくは小説というものがとてもとても好きだったから、もしも試してみて自分に才能がないとわかったら、その先、何をやって生きていけばいいのかわからない。臆病なんですね。だから三十代の半ばまで何も書かないでいました。父が死んだのはぼくが三十四のときですからね。

石牟礼　ほう。池澤さんが三十四？

池澤　ぼくが三十四。福永は六十一で亡くなりました。今のぼくよりずっと年下ですよ。それから三年くらいして「いま始めなかったら始める機会はないぞ」と思って書き始めて。初めのころは友達は面白がってくれて、それからもっと外の世界には出て行かないで、趣味の世界みたいな感じで終わっていました。それからしばらくして「本気で書かないか」と声をかけてくれた編集者がいました。「うん。じゃあ、もういっぺんやってみるか」とやってみたら、うまい具合に芥川賞に当たったんですよ。

石牟礼　当たった（笑）。

池澤　そんなことは考えてもいませんでした。つまり最初は「中央公論」の小さな賞のために書いたんです。それに応募してくれないかと言われて書いて、その賞はいただけて、「よかった、よかった」と。そのまま「芥川賞の候補になったよ」と言われて。それまでぼくは芥川賞の作品を読んだことがなくって、日本のそのころの小説は何も読んでいませんでした。「いろんなものを並べるから、飾りに入れるんだよな」と思っていたら、当たっちゃったんですよ。

石牟礼　よかったです。

池澤　何がありがたいって、書いたものが活字になりますよね。だからいろんなことができたわけで。それからもう二十五年ですか。長いですよね。

石牟礼　長いですね。

池澤　でも、やっぱり下手だなと思いますよ。

石牟礼　お父さまに読んでいただきたかったとは思いませんか。

池澤　うーん。それがむずかしくて、もちろん読んでもらいたい、話がしたいと思うことはあるんだけど、しかし父親が生きている限り、ぼくは小説に手を出さなかっただろうと思って。だから、父が亡くなったとき大変に悲しい思いをしましたけれど、ちょっと楽になりましたね。

　実際に一緒に暮らしたことは、ぼくが一歳になるまでの一年間しかないんですよ。そこで記憶からなくなって、次は高校生になってから会いにいって、それからたびたび会う。しかしそれも後添いの方とぼくが大変に悪かったものですから、こっそり行くんですよね。それでも普段妻に頭が上がらないわけだから、ちょっと目を盗んで、大学の講義が終わってから研究室で三十分くらいしゃべって。「ああ、そろそろ帰らないとうるさいから。じゃあね」とか言って帰っちゃうわけです。そんなことがあってですから、父親にはちがいないけど、伯父くらいの感じでしたね、距離から言って。

　父の日記は全部流出してしまって、古本屋さんから誰かに買われて、それをここ何年かかけてようやく見つけて、買った人がわかったので、行ってお願いして。若いころの日記があることもぼくらは知らなかったんですけどね。二十七から三十五歳くらいですかね。

石牟礼　よく見つかりましたね。

池澤　本当によかったですよ。誰か悪い奴が持ち出したのはわかっていたんだけど、そこからどこにいったのかわからなかった。いろんな文芸雑誌に尋ね人みたいに書いたりして。最終的には「持ち出したのはたぶんあいつだよな」という男のところに行ってとっちめたら、吐き出したんです。

石牟礼　ほお。

池澤　それから、昔の人の名前はわからないのも多いから、そういうのを研究してくれる人が註をつけてくれましてね。まず手書きのものを活字にしなくてはいけないし。去年一冊、今年一冊。

石牟礼　ようございましたね。

池澤　でも、あんなに若いときにいろんなものを失ってつらい思いをしたら、ああいう文学になるんだろうなと思いました。大変に観念的で、要するに、魂と愛と死の話なんです。だから一見するとセンチメンタルな。

石牟礼　いや、魂と愛と死はいちばん、それしか残らない、それしか言えないですよね。

池澤　最後までそういう話を書いていて、以前はなぜなんだろうと思っていたんだけど、その日記を読んでいると、サナトリウムでじっと夜中に不安な思いで絶望的なことを考えている時期が何年も続きますからね。母親は七歳のときに亡くなっているし。産褥熱《さんじょくねつ》で亡くなったんです。そのときに生まれた弟も高等学校で亡くなってしまった。非常に愛していた相手も、高校時代の同級生ですから同性愛なんですけれども、かりそめの病いで亡くなってしまった。お互いに相思相愛だと思って結婚した妻と子どもは、自分の病気が原因で離れていってしまった。だから三十までにたくさんのものを失っているんですよね。それだけの体験をしたら、それをもとに文学をつくる。一生はかかったんだろうと思いますね。ようやくそれがこのくらいの歳になってわかってきて。
幸いなことに名字がちがったので、池澤は福永の息子だということは、最初のころはほんの一部の人しか知らなくて、仲間内で「池澤君は実はね」っていう噂は広まったんだけど世間は知らなかったんです。最近はもう広まっていて気にしていませんから、こちらからそう名乗っていまして。

石牟礼　福永武彦さん。お作品は読んだことはありませんけど、お名前は存じておりました。

事業道楽

石牟礼　私は本当に読めなかったんですよ、人さまの文章が。

池澤　それはご自分のなかにあるものが強いからですよ。

石牟礼　何も知らないんですよ。

池澤　いいんですよ。「いいんですよ」なんて、失礼を申し上げました（笑）。必要ないんですよ。湧いてくるものがあるんですから。

石牟礼　知らなさすぎて「あなたのような人は見たことない」って。「文学者のくせに、文章を書くくせに、人の文章を読まない」って、何人もが持ってきて貸してくださいますけれど。

池澤　今日最初にうかがったのは、石牟礼さんのたくさんの言葉とか言い回しとか、深みのある表現が、他の文学から来たのではないならどこから来たんだろうと。普通にぽっと育って頭から湧いてくるわけはないと思っていたんです。今日のお話で、とんとん村にみなが集まって芸を競うように面白いお話をしていたという、そういうことで、それから短歌をつくっていたところで文体が欲しくなって、一生懸命に苦労なさったということを聞いて、得心がいきました。

石牟礼　あははは。

池澤　書物経由の教養主義ではないんですよね。

石牟礼　伯父が生きていたら本があったでしょうね。何と言うかな、あれは。差し押さえ。差し押さえって言うんですよね、親が。「差し押さえが来る」って。「子どもたちを家に置いとくわけにはいかん。差し押さえが来る」って。差し押さえという化け物か妖怪が来るのかと思いましたね。それまで家の中で使われなかった言葉が突然言い始められて。

池澤　ああ、確かに子どもにしたら恐ろしいものだと思いますね。恐ろしいものが来る。

石牟礼　はい。「子どもはおったらいかん」って、よそさまの家に預けられた、その日は。帰ったら家の中はがらんとして、お仏壇もないし。三月のお雛さま前後だったと思います。立派なちゃんとした雛壇があって。五人官女と言いますかね。

池澤　三人官女、五人囃子。

石牟礼　三人官女のお人形さん、立派なのがあって。ずいぶん小さなおままごとみたいな器があって、漆器とかあったんですよ。全部なくなっているんですよ、そんなのが。それから伯父の本棚。全集ものがあったと思います。あの時代の全集ものは何があったんでしょうかね。薄い茶色っぽい色で、金箔で漢字が書いてある。何段も本棚がありました。

池澤　一冊一円で全集がたくさん売れた時期がありましたね。全集ってものの始まりですね。

石牟礼　ほお。始まりですかね。そんな立派な本類もなくなってるし、本棚もないし。お仏壇がないのがショック。

池澤　お仏壇まで持っていってしまうんですか。

石牟礼　はい。持っていかれましたよ。漆塗りの黒いお仏壇、立派な。家の中の様子がちがうんですよね、差し押さえが行ってしまったあと。

池澤　それが何もないんだったら、本当にがらんとした感じですね。

石牟礼　がらんとした感じでしたよ。差し押さえの正体は見なかったです。預けられてましたから。

池澤　何かお化けが来てみなを運んでいってしまったと?

石牟礼　はい。いろいろ想像しましたけど、想像がつきませんでした。

池澤　その後にとんとん村に移り住まわれたんですか。

石牟礼　はい。

池澤　山も売ってしまわれて何も残っていなかったんですね。

石牟礼　「最後の宝の山を売って道に食わせてしまって、ご先祖さまに申しわけない」って姉《あね》婆《ばば》さまたちが言ってましたね。

池澤　お父さまの亀太郎さんのお仕事は何だったんですか。

石牟礼　帳付けだったんです。道路工事をしていましたから、帳付けに来た青年が信用されて、一家の大借財を抱えた。

池澤　それでハルノさんのところへ。

石牟礼　ええ。ハルノは家付き娘ですから。死んだ伯父がだいたい継がなきゃいけない。書物ばっかり読んで、ごほんごほん咳をしてて、家の事業道楽を手伝わない文学青年だったんですね。その伯父は私が一歳で立ち歩きをし始めたころに亡くなった。労働を何もしない。障子貼りが役目だったそうです。

池澤　書物神《しょもつがみ》の伯父さまは本を読むだけで何もお書きにならなかったのかしら。

石牟礼　書いてたかもしれませんけど。

　最初の船小屋が高波に浸かった後、すぐ近くの、もうちょっと丘に近いほうに移りました。本当に川口でしたから、高波が来ないような、ちょっとだけ高い丘のふもとに。父が廃材を溜めておいて、大工でもないのに家を建てたんです。鶏小屋よりもちょっと、ちょっと上でもない、手作りの。まだ残っておりますけど、そこに移りまして、途中で昔お世話になった人たちが米俵を贈ってくれたりして。それでお金は信用貸しして。山々は売って、道に食わせて。そのうえ、信用貸しと言っていました。証文なしでお金を貸してしまって返ってこない。返さない人たちもいたけれども、今はお米がいるかもしれないからと米俵を持ってきてくださる方たちもいたんです。この落ちぶれ方は評判になったんじゃないですかね。

池澤　やっぱり人望のある方だったんですね。

石牟礼　人望はある人でした。

池澤　だって道のために自分の家財を傾けるって。普通はそれは儲けるためのものですよね。

石牟礼　今ごろ新聞を見ると、道路公団というのは悪いことばっかりしていますね。

池澤　ええ、悪いことばかりしています（笑）。

料理好き

（巻きずしなど料理が運ばれる）

石牟礼　あら、ようできた。

池澤　きれい、彩りが。

石牟礼　これはサケ。北海道のサケ。こちらは食べごろのサバ。特別新しいです。生きていた。しめてあります。これは豚のいちばん柔らかいところ。

池澤　ヒレですか。

石牟礼　ことこと焼いて、最後に焦げ目をつけてあります。いかがですか。

池澤　おいしい。

石牟礼　おいしいでしょう。

池澤　はい。素晴らしい。限りなく食べてしまいそうです。落っこちないように手でほっぺたを押さえてます。

石牟礼　あはは。この赤いのはサケですね。サケは北海道では朝晩食べているでしょうけど、おいしかったので。

池澤　でも、こんなに手をかけないで食べていましたよ。いただきます。

石牟礼　人参とサバ。うんと赤いのが人参です。青いのは三つ葉です。上手にしっかり巻けましたね。おいしい。

池澤　下手な人がやると具が飛び出したりするものだけど。

石牟礼　上手にできていますね、形も。

池澤　切り口も上手だし。包丁に酢をつけながら切る？　ぼく、料理が少しはできるんですよ。前にも言ったっけ？　うまいんじゃなくて、普通の主婦の料理で、ぼくは家にいる限りぼくがつくっているんですよ。家にいれば夕方六時に台所に立って何かつくる。お昼過ぎになると、今日は何をつくろうかと思って、お店に寄って買い物をして帰る。仕事場と家が離れていますからね。朝は子どものお弁当を二人分つくる。昼は奥さんの分も、お蕎麦とかをつくる。ともかく可能な限り台所にいる。

石牟礼　へえ。

池澤　料理が好きなんです。包丁もよく研ぐし。楽しいですよ。一日中本を読んだり書いたりしていたら字なんかもう見たくないから、包丁をとんとんとやっていたり、鍋をくつくつやっているのが楽しい。

石牟礼　私も病気にならなかったら、料理は好きですけどね、つくるのが。

池澤　見ていてよくわかりますよ、お人柄が。そういえば、ぼくは解説を書くんです、『食べごしらえ　おままごと』の。

石牟礼　あはは。

池澤　石牟礼さんを存じ上げているし、少しは料理をする自分が最適であると思った。いくつか試してみてから書こうと思ったんだけど、なかなか材料がなくてね。こちらとお魚の種類もちがうから。「ぶえんずし」（無塩ずし。塩漬けしていない鮮魚を使ったすし）を試せるかって考えてるんですけどね。

石牟礼　サバでつくるんですね。

池澤　サバはなかなか。

石牟礼　サケでつくったらおいしゅうございました。

池澤　ではサケでつくりましょう。お言葉に甘えて。

石牟礼　今日のように海苔で巻かないでつくっても。

池澤　きれいに散らしにして。

石牟礼　散らしにして。するとおいしゅうございますよ。必ずこれを入れます。

池澤　生姜。

石牟礼　酢飯がまだありますね。だったら、サバもしめてあるから、たちどころにぶえんずしができます。あとでやりましょうか。

池澤　自分で試みてみます、なんて（笑）。

石牟礼　そして青紫蘇が合うんですよね、私は、お酢がいくらでお砂糖がいくらで、お塩がいくらで、というのを計ってやったことがないんですよ。

池澤　ぼくもないです。

石牟礼　あの本のとき、それで「惜しいな」と言われました。それを書いておけばもっと売れる。

池澤　それはそうかもしれないけど、それくらい、つくっている途中にわからなければだめですよ。

石牟礼　味見しながら自分の舌で計って。

池澤　そうですよね。ぼくでも見ないでやってます。だから、疲れてくると塩が濃くなるんですよね。あとで「塩が濃かったな」と思ったときは、休まなきゃなと思いますよ（笑）。

2012年6月18日

人間の言葉が当てはまらない

池澤　同じように育っても、貧しい人や困っている人に目がいく人とそうでない人がいますよね。石牟礼さんの場合は、どうして水俣病の患者さんの側にいったのかなと。それは選ぶことではなくて、心がすっと決めてしまったことなんだろうと思うんですけど、見た途端に。学校の先生をなさっているときに朝鮮の生徒さんがいて、みな貧しくてつらい時期だったんだけど、家を訪ねていく場面がありましたよね。

石牟礼　はい、はい。

池澤　ああいうときの心の姿勢というのかな。そういうことは人は最初から決まっているのかなと思ったりして。そんなことを考えながら読んでいたんですけどね。たぶん、ですから水俣で患者さんが出てきた途端に、ぱっと石牟礼さんはそちらについて「この人たちが大変なんだ」と考えられたんだろうと思ったんですけど。

石牟礼　熊大の研究班が作成した最新論文集というのがあるんですけど、それが出てから、水俣病の原因はメチル水銀であると確定したんですよね。それで裁判の判決もそれを参考にして出たんです。その資料を市役所に行く友人が「見せてあげる」と言うので見ましたら、激しい痙攣《けいれん》を起こすと、ベッドに縛り付けておくって。手も足も天井に向けてぎりぎりベッドの上で舞う。人間じゃないような声で、犬吠えさまのうめき声。犬が病気になったときのような、人間じゃないような声で叫び声をあげて、手足を天井に向けて舞って、ぎりぎりと落ちる。その落ちるときに、何かに取りすがりたいので、できたばかりの病院の壁にずっと爪の跡がついているんですよ、真新しい壁に。

前にもお話ししましたが、いちばん最初にお見舞いに行ったお部屋は男の人でしたけど、漁師さんで、何か漫画本のようなものを胸に置いてて、私が入っていってご挨拶しようとしたら、手が異常に動いて、自分の顔を隠しなさる。それで私は入っていいものやら引き返したものやら、一瞬佇《たたず》んでいましたけど、お見舞いの言葉をかけられない。逃げ帰りました。

そのときに、なんだか自分がこの状況に合わない、全然入っていけない、どこにおりようもない、どこにどうしていいかわからないという気分に陥ったんですよ。人間であることが恥ずかしい、こういう状態をつくり出した人間であることが。最初はわかりませんでした、病気をつくったのがチッソだということが。おり場がないんですよ。お言葉がかけられない。声が出ない。それがずっとありまして、人間とは何だろうと思って。その衝動がずっとありまして、今もありますけど。それで答えが出ない。具体的に自分がその場に立ったときにどういう行動をとるかというのは、本当にわからないです。自信がない。それで、本当に自分が人間というのがわからない。どうしたらいいかわからない。そういう人間だということはわかる、自分が。恥ずかしい。

池澤　そういうことを引き起こした側、会社にしても厚生省にしても、それに対しては姿勢ははっきりしているんですよね。憤りを感じる。どうしてこんなことができたんだ、と。だけど、ひどい目にあわれた方たちの前ではやっぱり、ぼくはその身になっていないのだから「ごめんなさい」なのか。病気になっていない以上、「ごめんなさい」ですよね。「何かできることがありますか」と。見ていていいんだったら、お姿をずっと見ていますが。何かできることが出てくるときが来るかもしれないから。そして、「もしそういうことを引き起こした側におっしゃることがあるんだったら、伝えますし、一緒に言います」と。でも一対一で苦しむ姿を見ていて言えることはないですよね。

石牟礼　ないですよ。はい。言えなかった。後から、後から考えよう。ずっと考えますけどね。考えてはみますけど、適切なことが何かできるわけじゃない。何か言うと嘘になりそう。うわべだけになりそうで。

池澤　でもそれは悶《もだ》え神《がみ》でしょうかね。

石牟礼　まあ、そうでしょうね。

池澤　患者さんの前に立ったときの自分というのは。

石牟礼　はい。何か口から、人間の言葉はいくらか覚えていますから、いくらか言葉は覚えていますけど、どの言葉も当てはまらない。自分が犬吠えさまの叫び声でぎりぎり舞ってみなければわからない。

池澤　そういうときの言葉は用意していないんですよ。

石牟礼　用意していないです、普段。初めてそういう感情に襲われましたね。本当に人間であることが恥ずかしい。

池澤　ぼくは、普通の人が言えないようなところで言葉を用意するのが詩人であると思っているんですけど。だからつまり、誰かが恋しくなったときにうまく言えないから、人が書いた恋の詩を持ってきて読むとか、相手に渡すとか。それを用意しておくのが詩人だと思っているんですけど、でも、そんな場合の言葉の用意はとてもできないですよ。人間以前の話だもの。

石牟礼　はい。それで原田正純《まさずみ》先生（水俣病患者を支え続けた医師。胎児性水俣病を見出す）が亡くなったときに、友人のお母さんが「草も木も泣きよります」っておっしゃったって。

原田先生

池澤　ぼくは一度だけ原田先生にお目にかかってお話をしたことがあって。

石牟礼　はあ。まあ全然偉ぶらない人で。何か人に「こういう印象で接したい」という構えがない人で。

池澤　すっと立っていらっしゃいますね。

石牟礼　はい、はい。

池澤　でも患者の側に立った科学者がいてくれたおかげで、患者さんの側はどれくらい心強かったか、つまり、それまで医者も科学者もみな敵ですからね。嘘をついていたわけだから。

石牟礼　ええ。そうですとも。

池澤　ということをこのあいだ、新聞に聞かれて言いましたけどね。そういうことをする科学者もいるし、そうでない科学者もいる。でも科学は人の役に立つはずだから。嘘のための道具にしてしまっただけなのではないかという話をしました。

石牟礼　正純先生のあの顔を、私は死に顔を拝見して、触ってみたら冷たいので、やっぱり死んどんなさると思って。だけど、明日は生き返ってなさるんじゃないやろかと思いましたよ。それで「ああ、ぼくは不思議な体験をした。ぼくは死んどったですね。また蘇りましたから、よろしゅうお願いします」とおっしゃるんじゃないかと、本気で思いましたよ。

池澤　そうですか。

石牟礼　でも、そういうことはなかったですね。なかったです。穏やかな死に顔で。先生は、「水俣病とは、何ていう名前をつけたんでしょうか」っておっしゃって。「あれは殺人ですよ。そう思いませんか」とおっしゃるから「わたくしもそぎゃん思うとります」って。殺人事件です。大量虐殺。それもゆるゆると毒死、毒殺。ゆるゆると。この「ゆるゆると」いうのはどんなに残酷ですか。そう思います。劇症型で死んだ人の病状も凄まじかったですけど、何十年もかかってゆるゆると毒殺される。

池澤　水俣病、本当はチッソ病でしょう。そう思って。

石牟礼　そうですね。チッソ病です。

池澤　水俣病と呼ばれることに対して、水俣の人は怒るべきでした。チッソ病ですよ。

石牟礼　水俣出身の人はよそへ行って「水俣出身です」って言えないって。それで職を失う人がずいぶんいるんです。

池澤　この前、福島に行って話をしていたら、ある男の人が「うちの妻がこう言うんですよ。『私たちの息子はきっと福島の人としか結婚できないよ』って。自分は男親だから考えもしなかったけど、そうかもしれないですね」って。そういうことなんですよね。本人同士が好きあっていても、親御さんが出てきて、「ご出身は?」と聞かれて「福島」と答えると、「やめなさい。あの人だけが男じゃないんだから」と言うんじゃないかってね。まだ二十年も三十年も先の話ですよ。子どもはまだ五つ、六つなんだから。

石牟礼　はい。

心の旅

石牟礼　池澤さんの『塩の道』というのは、一冊の詩集になっているんですか。

池澤　そうです。あります、大きなやつが。お持ちしましょうか。これより少し字が大きいから。日本にいて、なんだかうまくいかなくて、若いころですね、つまらないことばっかりで、どうも自分はこの国と折り合いが悪いと思って、ぶつぶつぶつぶつ言っていて。それで三十のときに太平洋の小さな島にふらっと行ったんですよ。楽しくてね。みな、呑気で伸び伸びしてて。それで「ああ、日本を出ればいいんだ」と思って、それからさんざん旅をして。最初の島に行ったときの話なんですよ、『塩の道』というのは。たとえば、子どもたちが一緒に遊んでいる。それがもう使っていない古い港が海水浴の遊び場になっていて、そこで上は十三、四から、下は三つくらいの子がみなでわいわい遊んでいた。小さい子はまだちゃんと泳げないんですね。けれど周りがちゃんと見ていて。自分は遊びながらちゃんと見ていて、ときどきは水の中で待っていて「飛び込んでみな」と言って、飛び込んだところをぱっとつかまえたりして。ぼくが子どものころはまだ年のちがう子たちと一緒に遊んでいました。五歳から十二、三歳まで。小さい子はまだうまくできないから、その分だけ手加減してやったり、あるいは見ているだけの係にしたり。で、年とは別にリーダーシップがとれる子がいるんですよね。

石牟礼　はい、はい。

池澤　その子は決めて、みながそれに従っているとうまく遊べることがわかるようになる。一種、子どもながらに人望があったりして。だけど、ぼくが二十歳過ぎくらいになったらなくなりましたね。まず路地がない。

石牟礼　ああ。

池澤　広場がない。それからみな、塾に行ってしまう。

石牟礼　うん、うん。

池澤　あるいは家に帰ってテレビを見てしまう。だから子どもたちだけでわいわい遠征したり、探検したり、道端の遊びでも一緒にやる遊びがなくなってしまった。南の小さな島にはそれが残っていて、こういうことからそれこそリーダーシップとか、つまり世間の勉強ですよ。そういうことをしていたのになって。その場面を書いたのが、ぼくの最初の短い小説なんです。遊んでいる子どもたちの。でも結局、詩集二冊半くらい書いた後は小説になってしまいましたね。

石牟礼　長い詩が多いですね。

池澤　だから「本当は小説が書きたいんでしょう」と言われましたよ。こんなに長いストーリーのある詩を書いているんだから。まあ、ちょっと旅をしてそこで出会ったものを書くのには、詩はちょうどよかったんですけどね。

石牟礼　行と行のあいだに詰まっているものが非常にたくさんあって、一見飛躍の飛躍、飛んでいかれる。その飛んでいかれる期間が非常に長い。このあいだにどういうことがあったんだろうなと思わせるお言葉が並んでいて、考える。すらっと読めない。

池澤　でもやっぱり頭でっかちですね。

石牟礼　いえ。心の旅が多い方。

池澤　高漂浪《たかざれき》。あの言葉を覚えたのは自分にとって役に立つと思って。

石牟礼　はい、はい（笑）。

池澤　こちらでこの言葉をうかがって、「なんだ、ぼくのことじゃないか」と思って。

石牟礼　はい、はい（笑）。高漂浪《たかざれき》。高漂浪《たかざれき》のいっぱい詰まった本でありました。面白うございました。

池澤　ありがとうございます。コーロッパで生まれた版画家で、ヨルク・シュマイサーという名前の友達がいまして。彼はずっと日本にいて、京都で日本の版画の勉強をしたりして。それで『古事記』を版画にしたシリーズがあるんですね。二十点以上。それがよかったので、その絵に合わせて詩を書いて一冊の詩集にしようと思ったんだけど、八つまで書いたら息が切れてしまって、なかなか後が出てこなくて。三年くらい前に、彼に久しぶりに会って、一晩食事をして話をして、「あなたの画集をつくろうとしたんだけどだめだった」と言って、「また何か一緒にやろうよ」なんて話をしましてね。その彼がぼくより三つか四つ上かな。一か月くらい前に亡くなったという連絡が入って。

石牟礼　あらあ。

池澤　一緒に何もできなかったなと思って。「今はオーストラリアに住んでいるから遊びに来てよ」と言うので「うん、行く」と言いながら、なかなか実現しないままに。しかたがないですね。

石牟礼　人は死ぬものだって、最近つくづく思います。

池澤　そうかもしれません。

石牟礼　私の親しい友人が訪ねてきてくださって、そのときに何か予感がいたしましたんですけれど。岩波の映画監督で、時枝《ときえだ》俊江さんとおっしゃる女性でしたけれど。何かなつかしがって、えらく急になつかしがって、とうとう見えたんですよ、ここに。それからひと月もしないうちに亡くなって。

池澤　お別れにいらしたのかしら。

石牟礼　お別れに来たということがわかったんです。でも一年くらいかかるかなと思っていましたら、ひと月くらいで亡くなって。

池澤　昨日ちょっと話題になっていた、とてもいい短歌を書く男性の方、自殺なさったという方。農薬の瓶を持っていて。

石牟礼　はい。

池澤　志賀狂太さんですか。

石牟礼　はい。

池澤　どんな歌をおつくりになっていたか、探してみようと思って。

石牟礼　ここにありますよ。「南風」という歌誌です。

池澤　いいですね。

石牟礼　いいでしょう。

池澤　すごいなあ。

石牟礼　すごいでしょう。覚せい剤を打っていたんですね。

池澤　あの時代はそう珍しいことではなかったでしょう。ぼくの母親が詩を書いていたんですけれども、父と離婚した後、いくつかセットになった、短い詩をいくつか集めて詩を二組書いていて、全部、心変わりと裏切りについての詩なんですよ。結局は自分のほうから、あまりに長い療養だったので、疲れてしまって離婚したんだけれども、最後まで自分のほうが夫を捨てたと思って悔やんでいた。普段は何も言わないけれども、詩だけを見ると本当にそうで、つらかっただろうなと思って。

石牟礼　つらかったでしょうよ。

池澤　牛乳屋さんからパン屋さんになったんだ。

石牟礼　写真がないんですよね、志賀さん。大変な美青年だったと言う人がいるの。私はそういうことを思ったことは一度もなかった。美青年だったから好意をもったという記憶はないんですよ。歌がよかった。

池澤　ちょっと一つ二つ写していっていいですか。

石牟礼　はい。捕虜になっていたころ、よっぽど人間性を傷つけられる出来事に遭っていたにちがいないと思いますね。

池澤　シベリアでしたか。

石牟礼　シベリアです。何も身辺のことを聞く暇もなかった。

池澤　ああ、そうだ。レストランで働いていたことがあったと。

石牟礼　私？　はい。

池澤　年譜に書いてありました。

石牟礼　あはは。最後の日のことを書いてあった。

II

2014年8月〜2017年11月

2014年8月31日

世界一小さな書斎

池澤　石牟礼さんご自身が水俣病だと思われたことはありますか。以前、そうかもしれませんとおっしゃった。

石牟礼　そうかもしれないと思っていました。

池澤　水俣に住まれて、魚も食べた。

石牟礼　私は水俣病ですって言おうかしらと思ったことがあるのです。ただ、水俣の人間はだいぶん黙っているので、私がいまさら名乗り出ることはないだろうと。言い残したいことはあるんですね、水俣病について。

池澤　それはなかなか大きな決断ですね。つまり、自分ではない患者さんのことをお書きになったのと、自分を含めて自分たちのことをお書きになるのは。

石牟礼　池澤さん、私のようなものを「世界文学全集」に日本からただ一人推していただいて、不満をおもちの方もいらっしゃるのではないですか。

池澤　いや、いいんです。一人でやったからできたのです。何人もの会議ではないのです。石牟礼さんがただ一人選ばれて、そうか、そうだったのか、とみんな思ったようですよ。

石牟礼　ありがとうございます。

池澤　いえいえ。それでも、『苦海浄土』はぼく好きだけれどもまだ足りないから、今度は「日本文学全集」で、『椿の海の記』や他の作品を入れて一巻つくります。

ところで今日、水俣に行きましてね。大崎《うさぎ》ヶ鼻《はな》に行きました。海辺に公園があって、ちょっと上がったところから海の写真を撮ってまいりました。あとでごらんにいれます。今日の大崎ヶ鼻です。

石牟礼　もう長いこと行っておりません。

池澤　あそこからだとチッソが正面に見えるんですよね。

石牟礼　はい。私のうちは水俣川の川口にあるんですよ。水俣川を上流から下ってきまして、右岸の河口に私の家がありまして。それから五百メートルと離れていないところに、百間排水口がありました。魚が浮き始めて、猫おどり病が始まって評判になりましたので、それで排水口を水俣川の河口に変更して。その一部始終を見ていました。左岸のほうには水銀の残渣《ざんさ》でプールをつくったんですね。八幡プールといっていましたけれど。残渣の中に水銀がいっぱい入っていて、それでプールがいったいどれくらい流したのか、まだ秘密にしていますものね。働いていた工員たちは知っているんだと思いますけれど誰も口にしない。地域住民も見ている。とくに私の村の人たちは見て知っている。すぐ目の前ですから、私もよくよく見ていました。何年くらい流していたのか。国も県も知らないはずはないが、まだ秘密にしている。それを暴こうかと思っているんですけど。あそこをもとの原野にする運動を始めようと思っていましたが病気になりまして。自分では行けなくなりました。八幡プールの跡は残っていて、ひびわれています。桑原史成《しせい》さんが写真を撮りました。

池澤　川に沿って海のほうへ行くと、先ほどの大崎ヶ鼻ですね。

石牟礼　大崎ヶ鼻の下のほうの海へたくさん通いました。とうとう我が家では渚の寄木で家を建てました。廃材です。あまりに粗末なもので、二百二十万借金をして建て替えました。

私が熊本に仕事場をかまえるようになってから、先生（中学教師だった夫、弘さん）もさびしかったんでしょう。私が帰ると、原稿を書くところをつくってくれて、畳一枚もない、畳半分くらいの板敷の。『苦海浄土』はほとんどその半畳ほどの板の上で書きました。小学校に入ったとき買ってもらった机で書きました。

池澤　世界でいちばん小さな書斎ですね。

石牟礼　そうですね。

池澤　そこからあんなに大きなものが生まれたわけですね。

石牟礼　大きなものかどうかわかりませんけども。

池澤　部屋がないからものが書けないなんて、ぜったい言わないことにしよう。

2015年1月18日

「不知火をとめ」から「タデ子の記」へ

池澤　ぼくは夏に仙台で、東日本大震災で被災した方々を前に、「文学は救えるか」という題で講演をするんです。何を話そうかと思っていましたが、昨日はっと気がついて、そうだ『苦海浄土』があると。水俣病のときに『苦海浄土』が書けた。東日本大震災もこれから何が出てくるのか、そういう話をしたいと思った。もちろん何十年もかかる話かもしれません。

石牟礼　だけど『古事記』は面白いですね。

池澤　面白いですか。いろんな邪魔モノがあいだに入り込んで読みにくくしていたのを、精いっぱいどけたつもりなんです。もともとの話の早さとか人の乱暴さ、みんなわがままでどんどん勝手なことをする、あの感じがどんどん伝わるといいなと思って。そういう翻訳を一生懸命したのです。

石牟礼　大変面白い。私は本は読まないほうです。読むひまがなかったというか。普通の作家のように本をたくさん読んで財産のように持って……自分が生まれ変わるようにして書けたらよかったんですけど。

池澤　石牟礼さんは最初からもっていらっしゃるから、ほかの人のものを読む必要はないんですよ。能をほとんどごらんにならないのに能をお書きになるではありませんか。

石牟礼　お能はなにか書きたくて。お能の本をたくさん読んだわけではないし、謡は一度見たきり。あまりよくわからなかったです。

池澤　でもお書きになった。あれはすごい。

石牟礼　お能を書いているあいだは幸せでした。

池澤　しかも、それにあのような、海の穢《けが》れと浄化という今のテーマを盛り込む。驚きでした。

石牟礼　お能を書くということはどういうことかなあと、今でもよくわからないですね。

池澤　百本読んだって一本も書けないのが普通の人ですから。いちばんもとの、芯のところをぱっとつかんでいらっしゃる。「不知火をとめ」（『不知火おとめ』所収、藤原書店）のような私小説を、ご自身であるかのような主人公をたてて、ずっと内面の会話で、心の中の葛藤を書く。藤森成吉の名前も出てくる、あのころ日本で流行っていた自然主義小説、志賀直哉のような、ああいうほうに向かわれる可能性もあったのかと思った、二十歳代で。でも、それに対して「タデ子の記」は自己の他に他者がいる話ですよね、他人がいて、家族がいる。まずもって家族がいて、そちらに対する主人公の思い、行動と、最終的な和解までをお書きになる。つまりこちらのほうの力が伸びて『苦海浄土』になったのか。タデ子のほうに、ほかの人の苦しみのほうに目を向ける。タデ子を読んで『苦海浄土』を読むとよくわかる。しかし、「不知火をとめ」が出てきて、おお、こういうこともなさっていたのかと、ちょっと驚きました。ただその一方、短歌を拝読していますとね、短歌というのは私小説なんですね。

石牟礼　そうですね。

池澤　自分の心情を吐露する。だから短歌を詠む石牟礼さんと「不知火をとめ」を書く石牟礼さんは確かにつながっている。そのうちに、短歌だけでは言い切れなくなったとおっしゃっていましたね、思いが。

石牟礼　はい。

池澤　それで長い散文をお書きになるようになった。それもまたよくわかります。お若いころの心の動きと、最終的な選択があとづけられて、大変面白うございました。その謎解きが。

石牟礼　「世界文学全集」「日本文学全集」に入れていただき、身に余る光栄です。

米本　『椿の海の記』に出てくるご両親と「不知火をとめ」のご両親はかなりちがう。荒っぽい。

池澤　でもあれは、石牟礼さんご自身があそこはフィクションだと書いている。当然、あの部分だけはわざと作られたのでしょう。

石牟礼　なんだか禁欲的にしなければいけないという……。

池澤　だからあそこは彼女を追い込まなければいけないですよね。夫とうまくいかない。先のことはわからない。家族は無理解だし。そこへ自分を追い込むためには家族はああでないといけない。

米本　実際にはみやびやかな天草弁でしょう。作品では水俣の荒っぽい言葉。創作だからがんばったのですね。

石牟礼　がんばって、水俣弁のいちばん通俗的な部分を入れたんですけれど。（読み返して）終始、違和感がつきまとった。（作中で）母が水俣弁になっていくのがさびしゅうございました。もともと、祖父の姉婆《あねばば》さまたちがときどき天草から出てきて、祖父をたしなめていましたけれど、いちばん上の姉さまが松太郎をたしなめる。「お前さまは」と、弟にお前さまという。小さいときから長着《ながぎ》物《もの》を着せてお育て申したと言っておりました。

2015年11月14日

編み出した編集的手法

石牟礼　雨は降ってなかったですか。

池澤　雨はあがっていますね、今は。ただね、飛行機で降りてくると空港は霧がすごくて。まるっきり霧の海の中。ちゃんと降りられるんですけど、なかなか。ひんぱんに来られなくてごめんなさい。

石牟礼　いいえ。私は全然出なくて。「日本文学全集」で『古事記』を現代語に訳してくださって、ご苦労さまでした。とても面白い。

池澤　へとへとになりました。でも面白かったです。あれでほんとうにいろいろなことがわかった。ぼくはなんにも知らなかったから。

石牟礼　なにも私も知りませんでした。

池澤　一生懸命勉強すると少しはわかります。

石牟礼　私も勉強しようと思うんですけど、目が悪くなりまして。三行分が一行になって、重なって、わからない。

池澤　お読みになるよりはお書きになったほうがいいです。一字ずつでも。大事なことをまだ中におもちなんだから。

米本　池澤さん、あすの講演のお話は決まっているんですか。なにを話されるのか教えてください。

池澤　一つはね、編集ってことを考えているんです。つまり普通、編集というのは二次的な仕事と思われがちですよね。作家が書いたものを本にする。その部分だけと思われているけれども、古代で考えたら、『古事記』にしても、『竹取』にしても、『今昔』はもちろん、古代の文学のほとんどは編集ものなんですよ。つまり、さまざまな素材があって、それを集めて編むわけ。そのこと自体が非常に大事な、文学的な営為だった。個人の名前をたてての創作は、たぶん『源氏』からですよ。そう考えると、編集という仕事は実は非常に重要なんだ、ぼくは今、自分がそれをやっていると思っている。

翻訳もそうですね。翻訳という仕事は二流だとみんな思ってきた。原語で読めない人のためにしかたないからやると。だけど、翻訳というのは非常に大事な文学的な仕事である、と。だって、文学はそれで広まってきたんだもの。

で、石牟礼さんの場合、なぜ『苦海浄土』が最初ノンフィクションだと思われたか。あれはね、石牟礼さんご自身が非常に編集的な手法で、ルポルタージュ部分と、創作の部分と、それからデータとを、寄せ集めてつくった。それは『白鯨』なんかと同じなのです。さまざまな要素を集めて立体的に構築していく。たぶん、あの状況をごらんになって石牟礼さんは、これを文学で表現するには小説だけではだめだし、ルポルタージュだけでは心に入れないし、と思われて、目前のものを見ながら、その表現の方法を編み出したのではないか。

　ところが世間は、たとえば裁判の過程に関する報告のようなルポルタージュ的なところだけしか読まずに、ノンフィクションだと言ってきた。患者さんたちの話は、あれは創作ですよ、歴然と。渡辺京二さんがおっしゃるように。三つ四つの要素をあわせてつくっていく。『古事記』がそうだったんだけど、あれは神話伝説と系図と歌謡でしょ。取り込んできたわけね。それはいったん、『源氏』的なやり方の中でかすんだけれど、ずっと脈々とあるんですよ。雑然と話をつくって、それが意味がある。『白鯨』もそうだし『ドン・キホーテ』だってそうだし、話がどこかまぎれていっちゃってわからないけれども、しかし面白い。それはモダニズムで。そういういくつもの重なりの中に、『苦海浄土』はあった。そこのところを読みきれなかったのが世間の人たちなんです。そういう話をあしたします。

石牟礼　そういう話は初めてうかがいました。

池澤　それからもう一つは、ぼくは二度三度と石牟礼論を書いてきて、そのたびにまちがいに気づいて書き直すのだけれど、まちがいだと気づかせてくれるのはいつも渡辺京二さんなのね。まず、『苦海浄土』はルポルタージュではない、小説だ、とはっきり言ったのは渡辺さんです。

それからその次のこのあいだのご本でおっしゃったのは、石牟礼さんは、たとえば『水はみどろの宮』の中でも、それから『椿の海の記』のみっちんでも、充足していて幸せである、とぼくはつい思ってしまっていた。前近代的な幸せに対して近代の不幸として水俣病が来た、そういう構図で読んで、解説を書いてきた。しかし渡辺京二さんは、みっちんは最初から疎外されているという。言われてみたら確かに、みっちんには同年配の子どもの友達がいない。普通につき合いをしてはいけない子どもだという、遠巻きにする感じがある。それは、別種のものとして生まれたものに対するこの国の同調圧力であり、農村的なプレッシャーのかけ方である。つまり、みっちんは子どもながら、いわば魔女だった。今度の「日本文学全集」の解説はそれをふまえて、渡辺さんがおっしゃっているとおりであって、自分は迂闊《うかつ》だったということを書いた。それをあした報告しようと思う。

米本　先ほどの編集の話は、「日本文学全集」の編集など一連の営為を通して初めて見えてきたという感じですか。

池澤　そう。「日本文学全集」をやっていて、古代のものをちゃんと読むと、みんな編集的なんですよ。だって、稗田阿礼が一人で全部しゃべったわけではないもの。さまざまな豪族のところに、有力な豪族のところに残っていた記録を集めて、力関係を勘案しながら、天皇家一統を束ねていくようにして、その途中でまとめていったわけでしょう。だから太安万侶にあったのはエディターシップだというわけ。

石牟礼　編集というのは一人でやるんですか。

池澤　大勢でやる場合もある。それから何年も形成されていくものもある。『今昔』なんかそうでしょう。石牟礼さんの場合は一人で、いってみれば水俣病のさまざまな断片を集めて、あるものはそれこそ自分で産みなおして、あるものはそのまま使って、そして時間軸のあるモザイクとして。

石牟礼　市役所の資料を提供する人は、編集手伝いのような。

池澤　そう。一個の作品の編集にはただ集めて並べるだけでなく、文学的基準、尺度が要ります。つまり批評性が要る。

　おそらく石牟礼さんは、こんなぼくの理屈なんかと無縁なところで、ほとんど、なんというんだろう、魂の導きでそれをやってしまったんだと思う。目の前にある現実と対面したときに、その方法が出てきたのだろうと思いますね。それに沿って、延々と、四十年ですよね、お書きになって。

米本　石牟礼さんも人から言葉を預かっている感じがします。

池澤　その部分もあった。預かったのを、いったん心の中を通してしまったから、創作になった。

天草の言葉、沖縄の言葉

石牟礼　けさは発作がひどかった。今はうそみたいです。へんな発作で、息がつまってくるんです。それから通わなくなる、上、下に。吸う息も吐く息も止まってしまうんですよ。そのあいだ、呼吸ができない。それで十回くらい呼吸をするあいだ、息も吐けない、吸うこともできない。深呼吸をしなさいとよく言われて、まず口で息を吸いなさいと。それが吸えないんですよ。息が上がってきません。それでとても困る。人から話しかけられても返事ができない。今は息ができてます、声も出ます。

池澤　しばらく続くんですか。

石牟礼　しばらく続きますね。ふた呼吸、三《み》呼吸……五《いつ》呼吸くらい、止まってますね。

池澤　苦しいですね。

石牟礼　苦しいです……今はうそみたい。発作だと歌も歌えません。

池澤　歌も歌えない?

石牟礼　チッソの社歌も（笑）。

米本　わが名は精鋭水俣工場、というやつです。ときどき歌われます。

石牟礼　水俣工場の歌は小さいときの思い出です。棒切れをかついで四、五人で男の子たちと。「矢城《やじろ》の山にさす光、不知火海にうつろえば、工場の甍《いらか》いやはえて、煙はこもる町の空……煙はこもる町の空」天草の人たちは出てきて、水俣の港まで来ないで、沖のほうで、水俣の上空には煙がこもっている、それを工場側の立場で。

池澤　ところで、「日本文学全集」の石牟礼さんの巻に、ああいう入れ方でよかったのかなって、まだ考えているんです。たくさんある中で何かを選んで並べないといけないから。ほかの人が見たら、あれが入っていないといわれたらどうしようと思っているのだけれど。渡辺京二さんは、『西南役伝説』の中ではこれとこれがいいと書いている。ぼくはそれを選ばなかった。でもしかたがない。

石牟礼　ラジオかテレビで『西南役伝説』の中の語りを誰か朗読すればいいなあ。薩摩弁で。薩摩弁はしゃべれないけど、聞くことはできるんですね。近いんですよ、国境が。

池澤　熊本県のいちばん南ですものね、水俣は。

石牟礼　天草に……スパイのことを昔の言葉で言えばなんでしょうか。

池澤　間者ですか。もう少し新しい言葉だと、密偵。

石牟礼　その密偵たちを十五、六人送り込んだそうです、天草に。天草弁をならって、それで、合格した者たちだけを派遣したそうです。そうしたら、天草の人たちが密偵たちの言葉を怪しんで受けつけなかった。

池澤　やっぱりだめだったんだ。身につかないものなんだ。

石牟礼　はい。天草弁も特徴があります。アクセント。

池澤　薩摩は特別ちがう種類の言葉なんでしょ。

石牟礼　はい。やわらかくて、とてもいいですよ。

池澤　田《た》原坂《ばるざか》の「はる」もそうだし、南九州でも「はる」というのは畑のことですか。というのは、沖縄で「はる」というと、畑なんです。

石牟礼　ほうっ。

池澤　沖縄にいたころ、ぼくのうちに行く途中、親慶《おやけ》原《ばる》というところがあったし、沖縄には「はる」はたくさんある。ハルサーというとお百姓さんなんです。畑で働く人。ウミンチュは漁師。海に出るから。ハルサーは畑に出るからハルサー。

石牟礼　サーというのはどぎゃん意味？

池澤　どこそこの人という意味でしょう。

石牟礼　さん？

池澤　そうですね、畑者《はたけもの》という感じですかね。だから、いろんなつくり方があるんですけど、内地から来た人はナイチャーなんですよ。人という字は、たとえば大和人と書いてヤマトンチュと読みます。

石牟礼　はあ。

池澤　ハルサーとウミンチュで面白いのは、菅笠《すげかさ》の角度がちがうのね。ハルサーはね、浅いんです。ウミンチュのほうは風が強いから、急角度になっている。菅笠で一目でわかるといわれていました。

石牟礼　小さいとき、そういう笠を見ましたよ。日常的にかぶっていましたね。

池澤　軽くて丈夫で雨を防ぎますからね。日差しも……。

石牟礼　かっこいいし。

池澤　かっこいい。

石牟礼　原城も「はるじょう」という人がいます。

池澤　ああ、じゃあそうかもしれない。
石牟礼　「春の城」も字は春だけど。
池澤　そういう含意があるのかもしれません。

編集は思想

米本　石牟礼文学の読者のすそ野は今後どんどん広がりますかね。
池澤　少なくとも、戦後日本文学を論じるときに欠かせなくなるでしょう。ぼくがある意味仕掛けた。だから、のぞいてみる読者が増えるでしょう。のぞいてみて、真価がわかったら広がるでしょう。でもそれはつまりこれまで日本の読書人たちが評価しそこなってきた。見落としていたんですよ。ぼくはただ、この人を見よと指さしただけで。
米本　ありがたかったです。
池澤　いえぼくは正当な座に戻しただけで。いわれますよ、世界文学全集に『苦海浄土』を入れて日本文学全集にまた一冊まるまるですよって。そういわれるとぼくは胸を張って、そうですよって、当然でしょ、と答える。三島由紀夫が入っていないといわれると、そうでしょ、と答える。川端も。ええ、短編だけ入れます。それはわがまましたい放題。思うとおりにやっていいんだから、ぼくは。
米本　それが最初におっしゃっていた編集の意味ですか。

池澤　そうです。つまり、編集は思想なんですよ。創作なんです。

米本　つき合いになったら三島とか川端を入れねばならない。

池澤　だからぼくは一人でやった。ほかの人とやるんだったら相談事になって、ぬるくなるから。そのかわりもう、どこから文句が出てもいいやと思って突っ走るつもりだった。普段そんなに気の強い人間じゃないけど、これは強気でやった。

米本　編集という文字に新たな光が当たりますね。

池澤　翻訳もそうです。昔は、おまえたちはどうせ英語が読めないだろうからしかたないから翻訳で読め、という態度だったでしょう。学校の先生がやっていたから。学校の先生は権威ですから。でも、読まれなければ無意味でしょ、文学は。下手な訳でもいいから、ないよりましなんです。下手な訳が出ていたら、やがていい訳が出るんですよ。翻訳はなんべんでもやれるんだから。

米本　『古事記』でも、ある程度捨てないと本質がわからない。

池澤　そうね、もとのままで読めないわけだから、なるべくそれを正確に反映してとは思いますけど、もととはちがう。それでいいんです。もしぼくの訳でいいと思ったら今度は原文を読めばいいんだから。勉強する気持ちのある人は。

米本　ノーベル賞、石牟礼道子がふさわしいという人が増えました。

池澤　今年のノーベル賞をとったベラルーシのスヴェトラーナ・アレクシエーヴィッチという人、彼女もルポルタージュ文学なんですよ。

米本　西洋の石牟礼道子。

池澤　子どものときに戦争体験したソ連の人々の話を聞いたり、それから、ロシアで自殺した人の話、未遂だったり遺族だったり、どういうときに人は自殺するのか、一人ひとりの話を並べてつくっている。ぼくは彼女に会っているんですよ。二〇〇三年、ヨーロッパでルポルタージュ文学の賞を選考したんです。そのとき彼女も選考委員の一人で、ずいぶん立派な方だと思いました。彼女のノーベル賞受賞は、あれはあれですごく納得した。

生命力の権化

（渡辺京二さん、登場）

渡辺　どうですか、「日本文学全集」は。

池澤　このあいだ石牟礼さんの巻が出ました。あの選び方について渡辺さんはどう思われましたか。

渡辺　面白い並べ方だと思いましたね。『西南役伝説』で「いくさ道」をとっていらっしゃるのがね、へぇー、という感じで面白かったです。詩も入っているし、それにね、『水はみどろの宮』をお入れになっているのがね、ちがう石牟礼さんのイメージがあって、さすがだと思っておりますよ。

池澤　渡辺さんはお元気でいらっしゃいますか。

渡辺　……老化しとります。トシですから。

池澤　それぞれにトシなりにトシ。

渡辺　トシがちがいます。八十歳超えたらですね、新たなる進化の段階に突入するんですよ。自分がこうなろうとは。まあ、なってみないとわかりませんけど。はい。もうなさけないです。しかたがありません。ただ石牟礼さんみたいに病気が起こらないからね。ほんとこの人、元気だったんですよ。生命力の権化だったんです。ただね、ときどき、ほれ、無理するからね。ずいぶん昔の話だけど、東京でチッソの本社を占拠したあと、テント小屋に泊まらんで路上に寝たりするでしょう。具合が悪くなって、死ぬんじゃないかと思ったですよ、この人。

石牟礼　橋川文三さんの紹介で入院しました。一か月間。そうしたら健康体と太鼓判をおされちゃった。ただね、心臓が小さくて子どもみたいだから、あまり過激なことはしないでと言われました。

渡辺　もう七十代に入ってからですよ、私が毎日散歩させよったんですけど、この人、夕方、江津湖のまわりを、いっぺん出たら一時間、とことこ、とことこ、ついてきて、元気よかったんですよ。

石牟礼　発作がなんで起こるかというと、医者はストレスだと言うんですよ。詳しく聞いてみるとね、いやなことを考えると起こると言うんです。じゃあ、考えるな、いやなことを。

渡辺　おばけみたいなもので、向こうから来てしまうからね、いやなことが。池澤さんと会ったことは幸せだけどね。

石牟礼　はい。池澤さんは発作よけのおまもり。

渡辺　あなたの作品を広げてくれた、恩人だよ。

石牟礼　はい。

渡辺　藤原書店も全集を出してくれました。「日本文学全集」もありがたいことですよ。読者が広がる。今まで石牟礼さんを読んでいなかった若い人が買ってくれる。

　この人は元気がいいんですよ、文章が。普通の作家はカブトムシとテーマを決めたら、カブトムシのことしか書かんわけです。この人はいろんなものを詰め込もうとする。おまけに話がどこからか行方不明になる。最後に戻ってきますが。奔放なのね、元気がいい。エネルギーに満ちているわけ。

池澤　むくむく湧いて出るんですよね。

渡辺　そう。ものすごく元気がいいんですよ……あなたの本の話をしとるんですが。

石牟礼　はい……はぁ（と笑う）。

渡辺　人の話のようにして聞いてるね。

石牟礼　ありがとうございます。

渡辺　熾烈《しれつ》なるたたかいですよ。今は口述でしょう。口述といっても、あとで自分で手入れするからね。前は自分で書いていた。そしたらヴァリアント（異稿）がいっぱい出てくるんですよ。どれがほんとなのか。特異な作家ですね。小説を書く場合、この人には、世界、大きなテーマがある。ストーリー、プロットは書かないと出てこない。先がどうなるかわからん。書かないと。だからストーリーテラーじゃない、この人は。そういう点では。

石牟礼　あのー、舞台を用意すると人がのこのこ出てきてなにか始まっちゃうんです。あとはその人たちがやっている。プロットはなくていいんです。

池澤　石牟礼さんの「朝日新聞」の連載はね、小さい自分が役者になっているのね、ぼくに言わせると。役者なんですよ。

渡辺　もともと、みっちんがそうですよ。芝居がかっている。

池澤　そうそう。

渡辺　ナルシズムなんです。口述する私の知人がいう。よくもあんなに自分の小さいときをかわいらしく書けるな。ほんとにかわいらしいんだよ。「朝日新聞」のエッセーは私が脱線させんごとしとる。六枚のうちで脱線したらおおごとだからね。それでも脱線するんですよ。普通はセイタカアワダチソウって題をつけたら終わるまでセイタカアワダチソウのことを書くわけよ。あなたはほかのことがどんどんどんどん入ってくるからね。いっぱいね、詰め込みすぎっていうかね。だけど、それがね、特殊だから……。

池澤　雑多なものを集めて一つの作品にする。さっき米本さんと話していたんだけど、『苦海浄土』が誤解された一つの理由だと思う。あれはある部分は確かにルポルタージュなんですよ。裁判とか。

渡辺　そうそうそう。

池澤　それに、完全なフィクションである患者さんの話があって、それから科学論文になるでしょ。だからもともとがセイタカアワダチソウだけで通そうというのじゃなくて、目の前の水俣の状態を見て、文学にするとしたらいろんなものを使わないといけないとたぶんお考えになった。

渡辺　なるほど。上野英信が石牟礼さんの文体は灰神楽だといったのは名言だと思うのね。どの作家だってイメージはたくさん湧いてくるんだけど、それをおさえつけて統一していこうとするでしょう。この人は、同時多発的にぜんぶすくいあげようとする。どうなるんだろうと思うが、最後はおさまってしまうからね。特異な才能ですね。

池澤　やっぱり上野英信は一個ずつ積んでいく人でしょう。

渡辺　そうそう、彼はね。

池澤　『眉屋私記』だってひたすら足で書いています。

渡辺　かっちり書いているね。だけど灰神楽は名言だと思ったなあ。

池澤　ちんぴらやくざで灰神楽の三太郎っていうのが、浪曲かなんかに出てきます。

渡辺　今の人に灰神楽って言ってもわからんけどね。あなたわかる？　灰神楽って。

米本　火鉢の。

渡辺　よくわかるね。要するに灰の中に湯を落とすと、ぱぁっと灰が舞う。

池澤　ところであしたは。

石牟礼　あした、私は行きたいけど、夜はむりですね。

渡辺　夜は状態があまりよくない。早く寝ないといけないし。

石牟礼　あ、私には送ってきてないです、チケット。

渡辺　チケット？　あなたはチケットなんかいらんのよ。チケットは送ってこないよ。あなたが行くとしたら車椅子で壇上にあがるんだからチケットはいらんわけ。

池澤　おみこしをかつぐ人が法被を着るので、おみこしは法被を着ないんですよ（笑）。

2016年5月19日

世界一小さな台所

池澤　飛行機が降下するとき、青いビニールシートがいくつも目に入ってきました。（四月十四日、熊本地震発生）

石牟礼　私はそんなに大変ではなかったけど、みなさんが大変な目に遭いました。

池澤　大変でしたね。怖かったでしょう。

石牟礼　怖かったです。なにがあったんだろうと思いました。記憶喪失の部分もあって。すごいことになった。みなさんの体験が。けがをしたり亡くなったり。家が壊れたり、一日一日、時間が経つとだめだったことがわかるような、ひどいありさまですね。

池澤　地面が信用できない。

石牟礼　はい。あ、池澤さん、お昼はまだでしょう。

池澤　はい。いま、熊本城に行ってきました。石垣が壊れたのを見てまいりました。

石牟礼　これ私が炊いたんです。（唐芋《からいも》を池澤に出す）

池澤　塩味がちょうどいい。昔、漁師さんに聞いたことがあります。海に出るとき弁当はこれがいいって。片手で食える。

石牟礼　東北の漁師さんですか。

池澤　いえ、沖縄。

石牟礼　器がないですけど、わりと上手に炊けました。

池澤　石牟礼さん、ぼくね、胸がいっぱいになってしまって、ごちそうになるなんて。

石牟礼　ごちそうというほどのものでは。

池澤　うれしゅうございます。もっと早くかけつけようと思ったんですけど、ヨーロッパで仕事があって。難民の苦労の話を聞きに行ったんです。難民は夜の海を渡ってくるんですよ。大変だろうと思います。

石牟礼　大変ですね。

池澤　それでひとまず避難所に入って、それからどこに行くことになるか、追い返される場合もある。そういう苦労の話を聞いてまいりました。

石牟礼　私は地図オンチでよくわからないんですけど。

池澤　いろんな国があって、国が壊れるとみんな逃げ出さないといけない。……うーんおいしい。

石牟礼　おいしくできました。

池澤　お上手ですね、ほんとに。

米本　調理器具が何もないところからそんな味のハーモニーをつくりだす。

池澤　ね。

米本　世界一小さな書斎ならぬ、世界一小さな台所。

石牟礼　はい。

2016年8月19日

この国土で生きること

池澤　お体いかがですか。

石牟礼　発作がひどくなりましてね。死病、と思っている。ちょっと長生きしすぎましたね。

池澤　まだまだです。そうそう、新潟水俣病の映画を撮られた佐藤真さんの……。

米本　『阿賀に生きる』。

池澤　そうです。彼の催しが明日福岡である。それに呼ばれてきて、どうせだったら熊本から行くことにしようと思って。渡辺さんに申し上げたけど、ぼくもくたびれた。

石牟礼　渡辺さんは、くたびれた、くたびれた、という。八十五歳ですからね。私は発作が来ると、痰《たん》になる寸前のねばっこい生唾が限りなく出てくるんですよ。そういうときは、とっても苦しい。それで、（渡辺さんの言うことを）半分はわからなかった。人の話をちゃんと聞いてないから、とあとで言われる。

池澤　渡辺さん、きびしいから。

石牟礼　きびしい。

池澤　ね。

石牟礼　よく来てくださいました。北海道に普段はいらっしゃるんですか。

池澤　はい。今朝は七時半に飛行機に乗りました。

石牟礼　札幌から。

池澤　札幌から。お昼ごろ熊本に着くんです。熊本空港はまだいろいろ壊れたままでした。この前来たときとほとんど変わっていません。

米本　熊本の地震を描いた『水はみどろの宮』の文庫本が今年三月に出た。その翌月に熊本地震が起きている。

池澤　ああ、そうか。

米本　石牟礼さんの魔力。予知能力。

池澤　そういえば、「世界文学全集」の最後の刊が出た翌日が3・11だった。

米本　あっ。

池澤　三月十日に最後の刊を出した。

米本　そういうのは絶対なにかを予見してますね。

池澤　「世界文学全集」を終えたとたんにぼくは、全面的に、東北に通うことになった。東北をうろうろしているうちに、あんまり地震と津波がひどいんで、日本人はなんでこんなひどいところに住んでいるんだろうと思って。それからいろいろ考えているうちに、「日本文学全集」の依頼を引き受けようと思ったんですよ。

米本　あっ、そうなんですか。

池澤　つまり、この国土で生きるとはどういうことかというのを考えたうえで、それが、なんていうんだろうな、どういう日本人をつくったのか。だいたいそんなことから始まって。ぼくは日本文学、ぜんぜん知らなかったんですよ。だから、全集をつくれば勉強すると思って（笑）。むちゃくちゃな話だけど。ほんとうにゼロからやった。

米本　今度、内田樹が『徒然草』ですか。すごい組み合わせですね。みんな予想以上の仕事をしてきていますね。

池澤　そう、みんな面白いですよ。

2017年8月14日

島

（渡辺京二さんによると、石牟礼の体重二十七キロ。一段とやせて衰弱すすむ）

池澤　ゆっくり休んでください。大変な手術をしたんですから。（八月二日に右大腿部頸部骨折。七日に手術）

石牟礼　日常のほうが大変です。

池澤　そうですか、ずいぶんたくさん仕事をなさっていたでしょう。このところも。

石牟礼　ばかみたいですね。

池澤　そんなことはないです。みんな値打ちのある大事なお仕事だから、ぼくらは喜んで待っていますけども……。それでも、ゆっくり、ゆっくりにしてください。

石牟礼　もう、ゆっくりしかできません。

池澤　足はもう痛くないですか。

石牟礼　痛いです。

池澤　手術が無事終わってよかったですね。

石牟礼　はい……。それで、いつ、お帰りになりますか。

池澤　石牟礼さんのお顔を見て安心して、熊本で泊まって、あす札幌に帰ります。ずっと前に転ばれたときにね、転び始めてから下に着くまですごく長い時間がかかって不思議だったっておっしゃいましたよね。

石牟礼　そんなことを言いましたか。

池澤　はい。今回は普通に転んでしまいましたか？

石牟礼　転ぶのが好きなのかもしれません。

池澤　うーん……このあいだのご本『無常の使い』、あれ本当にいい本で、一生懸命、書評書きました。あんないい時代があったんだなと思いましたよ。それから石牟礼さんがたくさんおつき合いなさった方々のことが温かく書いてあったし。

　少し、お休みになりますか？　ここにいますから。お疲れになりません？

石牟礼　感動のあまり、言葉がすぐに出てこない。

池澤　今回はたまたま瀬戸内海まで来てましたから、すぐに来られました。

石牟礼　私は、瀬戸内海、行ったことがない。

池澤　そうですか。きれいな海ですよ。島がたくさんたくさんあって。

石牟礼　あ、島が。

池澤　ええ。あまりたくさんあるんで、こうやって見ても島ばかりで、向こうの水平線が見えないんです。そのあいだを海の水がすごい速さで流れていて、見ていると、ざわざわざわざわ音をたてるくらいの海の水なんですよ。そんなところでした。

石牟礼　天草とまたちがうんですね。

池澤　ちがいますね。水俣の海ともちがって、水俣の海はずうっと向こうまで見えますよね。すっかり囲まれているけれども、囲まれているのはずうっと先のほうですよね。でも、瀬戸内海はぽこぽこぽこぽこ島があって、不思議なところです。で、その島も橋を架けてしまったから、船に乗らずに行けてしまうんですよ。面白いところでした。

石牟礼　北海道には島はないですか。

池澤　北海道には島が、まわりに少しだけあります。でも北海道は大きな大きな島ですから、九州もそうですけど。九州の二倍くらいあります。それで、涼しいです。石牟礼さんは東京までは何度も行ってらっしゃいますよね。

石牟礼　はい。

池澤　チッソの本社とか。

石牟礼　ろくなところに行ってないです。

池澤　あ、でも、高群逸枝さんのお宅にずっといらっしゃいましたよね。あれが東京ですよね。

石牟礼　はい。

池澤　ぼくが小学校のときに住んでいたのが、あの近くでした。高群さんまだあそこにいらっしゃったんだと思うんですけど。

石牟礼　そうですね。不思議なご夫婦でした。

池澤　ご主人の橋本憲三さんが一生懸命、奥さんの仕事を手伝って。

シマバナナ

石牟礼　南国のバナナの食べ方を婦人雑誌で読んだのです。バナナをバターでいためて……。

池澤　ああ、はいはい。あれはお芋のような野菜のバナナです。普通のバナナでした？

石牟礼　まだつくってない。

池澤　普通のでつくってもおいしいかと思います。本当は沖縄のこれくらいの小さなバナナがおいしいんですけど。甘みが強くて酸味が強くて、とてもおいしいものなんですけど、沖縄以外では手に入らない。

石牟礼　バナナはどこにでも……。

池澤　沖縄のバナナは沖縄でしか育たないんです。それでおいしいから内地に送らないでみんな自分たちで食べてしまう。こーんな房で売ってましてね、まだ青いうちに買って、ぶらさげておくんです。だんだん黄色くなって、皮に黒いスジが入ってくる、たてに。そうすると食べごろ。うすい皮で。本当においしいものなんですけどね。シマバナナといっています。沖縄のシマでとれるから。折があったらお持ちしたいですけどね。その婦人雑誌にあった料理法はバターでいためるんですか、バナナを。

石牟礼　そうです。

池澤　ちょっとおいしそうです。

石牟礼　おいしそうです。

池澤　お料理なさりたいでしょう。

石牟礼　したいですね。

池澤　お好きでいらしたから、料理することが。ぼくもこの夏は忙しくてあまり料理してないから、自分でしたいですよ。人のつくったものばかり食べてきて。そうだ、また札幌で石牟礼さんのぶえんずしをつくってみようかな。サバがある。サケでやってみてもいいかもしれないけど。錦糸卵とイクラを飾る。

お月さま、おいで、おいで

池澤　このあいだ、樺太に行きました。

石牟礼　からふと……。

池澤　樺太は北海道よりもっと北にあって、ロシアなんですよ。

石牟礼　は……。

池澤　だけど北海道と似てましてね、ぼくが生まれて育ったころの帯広の町と本当によく似てるんですよ。木の種類とか建物の形とか。だから懐かしくて。帯広より、もうちょっと寒いんですけどね。でも白樺の木がたくさんあって、ポプラもあって。柳が何種類もあります。で、ロシア人が多いんですけど朝鮮系の方もいらっしゃる。とてもとても大きな立派な博物館がありました。それが樺太。

石牟礼　う……ん……。おちいさいとき、木登りはなさいましたか。

池澤　木登りはね、あまりしませんでした。でも、雪遊びをたくさんしました。雪がたくさん降りますから。その中をころがりまわったり。それから、雪合戦をしたり。

石牟礼　雪が降ると、うれしかったでしょう?

池澤　もう、一年の半分は雪ですから。

石牟礼　ほうっ。

池澤　十一月の半ばに初めて降って、それから全部まっしろなままで、三月末まで。

石牟礼　ほ……。

池澤　ぼくは小さかったから、叔母がそりにぼくを乗せて引っ張って歩いていました。そのほうが、子どもでは歩けないところへ連れていけるから。

　このあいだ面白いことがありましてね、ぼくの二歳のときに書いた詩を、書いたんじゃない、口で言った詩を、書き留めておいたんですよ。

石牟礼　ほう。

池澤　それが見つかってね。その詩はですね、〈お月さま、おいで、おいで、とんで、とんで、おいで、走って、おいで、もうすぐごはんですよ〉。それが詩人であるぼくのいちばん最初の作品。ちゃんと子どもの発音でローマ字で書いてある。その小さなメモが出てきたんです。

石牟礼　すごいですね。

池澤　うん、まあ、初めての子だし、面白かったんでしょ。〈お月さま、おいで、おいで、とんで、とんで、おいで、走って、おいで、もうすぐごはんですよ〉。

石牟礼　最後がいいですね。

池澤　うん。自分がほら、ご飯で、遠くから呼ばれたときの気持ちをそのままお月さまに渡したんでしょうね。もっともそのあとでその父とぼくは別れ別れになって、次に会ったとき、ぼくはもう高校生でしたけどね。

　それで、ぼくが帯広という町で通っていた幼稚園が、まだ残っているんです。とても立派な、丸い屋根の不思議な建物で、あんまり珍しいんでこのあいだ、重要文化財に指定されました。だからこれからは、決して壊すことなくちゃんと形が残ると思います。もう幼稚園としては使っていないんだけども、でも、立派な形で残っています。それをこのあいだ見にいってきました。この次来るとき、その建物の写真をお持ちしましょう。帯広双葉幼稚園というんです。重要文化財って、ちょっと、自分のことのように得意でありました。

石牟礼　お言葉どおり、文化的な育ち方をなさいましたね。

池澤　あのころあんな幼稚園、あんまり日本になかっただろうと思います。アメリカの、キリスト教の人たちがつくったんですけれども。それで感心しましたのは、昔からの書類が全部とってあったんですよ。

石牟礼　ほう。

池澤　その中でずっと探していったら、ぼくの入園申込書が出てきました。ちゃんとぼくの名前も書いてありまして。日付は昭和二十五年の三月。そしていろいろ書いてある中に、裏に子どもの性格を書くところがあって、そこに、たぶんぼくの祖父か叔母が書いたんだと思うんですけども、ぼくの性格のことを、〈陽気なれども少しわがままなり〉。五歳のぼくが。なんかそんな書類が出てきて、まあ、なかなか、うれしいし、ちょっと恥ずかしいし。

石の中にも花が咲く

石牟礼　私の父は、石工でした。

池澤　はい。

石牟礼　それで山の石にあこがれて、岩山ちゅう山は石でできていますよね。大きな石がある。岩があると立ち止まって、「道子、石の中にも花が咲く」。

池澤　石の中にも花が咲く。うーん。

石牟礼　花が咲いていた。

池澤　石がほんとにお好きで、それから道路がお好きだったんですね。

石牟礼　はい。

池澤　だから、石牟礼道子という名前には、結局、両方、入ることになりましたね。石も道も。昔の水俣にお帰りになりたいですか。でも、まあ、昔の水俣はもうないわけだから。

石牟礼　もう、なかですよ。

池澤　でも石牟礼さんよく覚えていらして、みんなお書きになったから、みんなにも伝わります。

　昨日泊まった宿の主が漁師で、自分で海へ出て、お客さんのご飯の魚、釣ってくるんですよ。

石牟礼　ほう。

池澤　昨日の晩はおさしみがこれくらいあるアジで、アジなんてほかのところはこんなもんだけど、ここはこんな大きくなる。こんな大きなアジをおさしみでいただきました。なかなかいいアジでした。

石牟礼　そんな大きなアジは食べたことがありません。

池澤　でも口の悪い人で、お客がご飯食べているところへいって、言いたい放題なんですよ。漁師の生き方がいちばんいいんで、お前たちはだめだ、とか。面白い人でした。奥さんが韓国の方でこの方がなかなかお料理が上手で、おいしいものをたくさんつくってくださいました。笠佐《かささ》島というとても小さな島なんですけど。

　石牟礼さんに初めてお目にかかってから、八年くらいになりますかね。その前に、ずっと前ですけど、お電話くださったんですよ。それでお話ししたのが最初で、それからだと十何年かですね。山本医院のときは、いろいろごちそうになりました。渡辺京二さんがビーフシチューつくってくださったこともありましたね。もちろん、石牟礼さんのぶえんずしもあったし。

石牟礼　ご一緒に、散歩に行ければいいんですけど。

池澤　そうですね、一緒に散歩に行けるといいですね。これからしばらく病院でおとなしくしていて、傷がなおったら一緒にまいりましょう。なんといっても骨が折れてしまったんですから。しばらくかかります。でも、いつか行きましょう。

石牟礼　いつか行きましょう。

池澤　できればぼくの運転する車で、水俣にお連れしたいです。まだ、ご一緒に行ったことがありません。いつも一人で行っていました。だからいつか行きましょう。

石牟礼　行きましょう。

池澤　いつも一人で行って、あちこち走り回って、土地の名前を確かめました。大きな公園にしてしまったところもよく知っています。全部、ヘドロを埋めて、上から土をかぶせて、見た目だけきれいにしてしまったところです。

しんけいどんの孫

池澤　石牟礼さんのお仕事は、読んでも読んでも、終わらない。読み返すたびに、ああ、前は全然読み方が浅かったな、と思います。渡辺さんに教えていただいて、ようやく少しわかってきました。でも、まだまだ。大変なお仕事なさいましたよ。

石牟礼　そうでしょうか。

池澤　ええ。あの、お若いころは、生きていくのがおつらかったんでしょう。

石牟礼　はい。とてもつらかった。一日、一日、ほんとに、早く明日が来ないかなと思っていましたね。

池澤　それになかなかぼくは、気がつかなくて。水俣病の闘いが始まってからたくさんの方が石牟礼さんの周りに集まって、水俣病を通じて、とてもいい、人と人の仲が生まれて、だから、ついぼくらは、石牟礼さんは、若いとき、幼いときから、周りの人たちと仲がよかったんだと誤解してしまった。でも石牟礼さんは特別な方だから、周りの人たちは、よくわからないままに、あれはヘンな人だって言ったんじゃないですか。

石牟礼　しんけいどんの孫。

池澤　ああ、神経殿《しんけいどん》の孫。そうか、そこから始まっているんですね。

石牟礼　はい。

池澤　おもかさまから。

石牟礼　はい。

池澤　そう、ですから、『椿の海の記』には同じ年ごろの子どもの友達が出てこないんですよね。

石牟礼　はい。

池澤　気がついてみると、山のあの人たち海のあの人たちはいるけれども、人間たちはあまり出てこない。家族を別にすれば。

石牟礼　はい。

池澤　そういうことの意味が最初はよく読み取れなくて、それも渡辺さんに教えていただきました。若いときってのはみんな、なかなか、生きていくのがつらいけど、でも、みっちんの場合はまた、格別大変だったでしょう。

　そのあとで、短歌をお書きになるようになって、でも、短歌では言い足りなくて、そうやってだんだんに、書くことで、自分のことをいうようになって。そういう筋道を、ようやくぼくは納得できました。それから、このあいだ米本さんがお書きになった『評伝 石牟礼道子——渚に立つひと』も、あれで石牟礼さんのことがまたわかるようになった。

石牟礼　私のことを書いた米本さんの本、多くの人がそうおっしゃいますね。

池澤　はい。

鮎と狐

池澤　お能をお書きになりましたね。

石牟礼　はい。

池澤　実は今ぼくは狂言を書いているんですよ。お能と一緒でちょっと滑稽な。それを去年から頼まれて。今年の十二月に東京で公演することになって。ぼくのは書き終わって、今、みんなで実際に舞台の上で、狂言師たちがどう動いて芝居にするかという相談を始めております。

石牟礼　うわさに聞いておりました。

池澤　ああそうですか。できあがって、舞台にお連れできないとしても、テレビで見られるようにしてお送りしますから、あるいはもってまいります。見てください。

石牟礼　はあ、それは、大変貴重なお仕事です。お待ちしています。

池澤　「鮎」という、ぼくが自分で昔書いた短い話を、そのまま狂言に仕立て直して。その短編小説には人間たちしか出てこないですけども、狂言の舞台では鮎が六匹、鮎の恰好で出てきます。狂言だから面白おかしくしてもいいわけで、その鮎が舞台上を泳ぎ回っていろんなことをするんですよ。もう少し待っていてください。

石牟礼　はい。ひたすらお待ちします。

池澤　台詞を耳で聞くだけでも楽しいですから。狂言独特の言い回しがございますね。

石牟礼　はい。

池澤　それがしはこのあたりに住まいいたすものでござる。日柄もよいほどに川に出て鮎を釣ろうと存ずる。まずはそろりそろりと参ろう。

石牟礼　はぁ、面白い、ほう。

池澤　昔、お能はむずかしくてなかなか見に行かなかったのだけども、狂言は好きで、ずいぶん通って見ました。もう五十年前ですね、それも。で、そのことをどこかで話したら、じゃあ、新しい狂言を書いてくださいって頼まれて。それで、やってみているところなんです。

石牟礼　狂言については私も考え始めています。

池澤　じゃあ、競争しましょうか。石牟礼さんの狂言とぼくの狂言と。一緒に舞台に並べたい。できるといいですね。

米本　大《う》廻《まわ》りの塘《とも》の石牟礼さんの狐と、池澤さんの鮎の対決です。

池澤　ハハハッ、そうか。狐か。

石牟礼　三匹の狐……なんちゅうかなぁ……化けそこなった狐……さん。

池澤　化けそこなった狐、うんうん。

石牟礼　『梁塵秘抄』という古典がありますでしょう。

池澤　はい。

石牟礼　あれはどうやってできたかなあ。

池澤　『梁塵秘抄』はあのころの今様を、後白河法皇が一生懸命集めて、もともと五千首あったんだけど、残っているのが五百首くらいですね。このあいだぼくは、何首かたまたま読みました。面白いです。

石牟礼　面白いですね。

池澤　あれに狐がありましたかしら。

石牟礼　いいえ。狐は出てきません。

池澤　『梁塵秘抄』でこのあいだ読んでいたのは、私のところへ来るといって来ない男。お前なんか三本ツノの鬼になって、みんなに嫌われろ、っていうんですよ。女の恨みの歌。面白かった。それから、水鳥になって、霜《しも》や雪や霰《あられ》が降る寒い田んぼでうろつくがいい、さぞかし足が冷たいだろう、って。

ぼくの鮎は、みんなで悪い人間をこらしめるんですよ。どんどん偉《えら》くなって偉くなる分だけいばるようになって、だんだんいやなやつになっていた。最後にストーンといちばんもとのところに連れ戻す。そういう話です。石牟礼さんの狐、読みたいです。

石牟礼　とぼけています。

池澤　うん。

米本　石牟礼さんも狐かもしれません。

池澤　狐は長生きするから。

石牟礼　狐は長生きするんですか。

池澤　長生きです。

米本　『水はみどろの宮』の白狐、ごんの守《かみ》は千年の昔からこちらを見ていたわけですから。

石牟礼　なにしろ古典の読み方が足りない。

池澤　でも、その分、古典と同じものが自分の中から出てくるんですから。とぼけた大《う》廻《まわ》りの塘《とも》の狐、待っておりますから。

石牟礼　池澤さんに読んでいただければ大変幸せですね。

池澤　待っていますね。じゃあ、きょうはこれで失礼します。

石牟礼　お茶の一杯もさしあげず……。

池澤　いえいえ、とんでもない。お話がごちそうです。

2017年9月23日

魂が深い人

（石牟礼、所在なげにベッドに横になっている。意識はある。ベッド下にブルーのマットが敷いてある。幻覚に見舞われて落下した場合に備えてのことである）

池澤　おみやげです。鳩サブレーです。

石牟礼　あら。

池澤　おいときますね。

石牟礼　お菓子を禁じられていましたが、先生が、喜んでください、ご飯をぜんぶ食べたらおやつに少しくらいよろしい、と言われた。ぜんぶ禁じたらかえって病気によくない。

米本　体重が三十一キロまで回復しました。

池澤　それはそれはすばらしい。ほんとうになんか、顔色がいいですね。この前は、ああ、たいへん苦しそうだなと思ったんですけど。

石牟礼　はい、はい。

池澤　よかったですね。

石牟礼　心臓が、ときどき、動きません。それで深呼吸を毎日することにしています。

池澤　この前、狂言を書いているって申し上げたでしょう。それのね、ゲラができてきたんです。鮎という話。十二月の末に、東京の国立能楽堂で。お能は書けないけど狂言なら書けるかと思って。このあいだ『春の城』、改めて丁寧に読みました。

石牟礼　あれは書き直さないといけない。

池澤　ゆっくりやってください。やっぱり、あれは読んでいて、つらいですね。歴史小説というのは終わりがわかっているから。みんな亡くなってしまうんだなと思いながら。新聞連載で自分の祖先のことを書きました、北海道の。淡路島から明治のはじめに北海道に移って畑をつくって、牧場をつくって、サムライたちが一生懸命開拓をした。曾祖父なんですけど。結局その一族は滅びる。歴史は結果が見えているから、つらい。『春の城』では幸せそうに暮らしているから、なおさら。

石牟礼　私も書いていて、つらい。自分ならばどうするだろう。天草でも、村も小さくて、小さな村々が集まって、いくんですね。いま水俣をやっている私には、その者たちの子孫だと思った。

池澤　水俣にそのままつながっていますものね。

石牟礼　はい。

池澤　石牟礼さんはお若いときに、とても生きていくのがつらくて、仲間たちがなかなかできなくて、苦しい思いをなさったっておっしゃってましたよね。それがあるときから仲間らと深いおつき合いをなさるようになった。それは若いときとは何が変わったんでしょうか。強くなったんですか。

石牟礼　とても迷いが深くて。

池澤　石牟礼さんいろんなものが見える方だから。ほかの人が見えないものを。

石牟礼　果たしてそうなのか。自分でつくりあげた幻想をよしとして、生きてきたような気がします。

池澤　でもそれが幻想であるというのは外の人間が勝手に言うことであって。石牟礼さんには見えていたんだから。そこにみんないたわけでしょう。海のものも山のものも。

石牟礼　あ、おいしいものがあった。そこの引き出しに。（ゆずジュースを池澤さんに飲ませたい、と言う）

石牟礼　甘くておいしいですよ。高知県、四万十川。

池澤　澄んだきれいな川です。

石牟礼　熊本の市内を歩きながら、私は今どこにいるのだろう、と思う。どこにいるのか確かめにいこう。またそのために出かけてみよう。そして、道をよく人に尋ねます。ここはどこでしょう。「あんたがたどこさ、肥後さ、せんばさ……」

池澤　まりつき歌ですね。

石牟礼　まりつき歌。

池澤　石牟礼さんは、いわゆる普通の人がここに実際にあって見えているとお互いに思っているもののほかのものが、いつも見えていたんですか。

石牟礼　いつも見えていますね。

池澤　それが若いときはおつらいことでしたか。

石牟礼　いいえ。自由に見えなきゃあ、生きていられない。

池澤　ずっと、みんながいうところの現実と、石牟礼さんにしか見えないものと、両方見ながらいらしたんでしょう。

石牟礼　はい。

池澤　それは豊かなことかもしれない。

石牟礼　うん。

池澤　のさりかもしれない。

石牟礼　うん……。

池澤　魂だってそうですよね。

石牟礼　タマシイ……。

池澤　魂が見える人と見えない人がいますよね。魂が深い人とそうでない人。

池澤　『春の城』、なぜ幕府に逆らって城にこもることにしたのか。三万人以上がどうして決意ができたのか、不思議ですね。どうして勇気が出てきたのか。

石牟礼　不思議ですね。

池澤　勇気なんでしょうね。

石牟礼　ふむ。なんででしょうね。私もまだわかりません。あの、なんていうか、なにを食べて、なにを思って、休むひまもないと思うでしょう。わからないですね。とにかく年寄りを敬うところでして、それが十五、十六の少年のいうことをどうして聞いて総大将にあがめて、そしてそれを天下にしめして、ときの幕府に、神さまよりも偉いと思われている人たちが、四郎を総大将に。それから、「あや」という人物はつくりものですけど、でも、おったかもしれんと思って。あやに相当する女性がいたにちがいない。子細に書きました。けれど、まだわかりません。少年をあがめて、実際、対話をしながらことを進めていたわけで、生活の面でも、不思議ですね。

池澤　あの中にいろいろな性格の人がいて、さむらい崩れもいるし、酔っ払いもいるし、仏教を信じているままで参加している人もいる。

石牟礼　はい。

池澤　いろいろな人がいたことが奥行きがあってとてもいいと思いました。

石牟礼　まだ興味が尽きないのは、今からお日にちがあれば書きたい。あの、実際に唱えていた、あれはなんというのかなあ。書き残していますよね。現地の人たちが言い伝えてきたんだろうと思います。なんというのかなあ。となえごと。

池澤　オラショ。

石牟礼　オラショ、歌オラショ。歌オラショは天草弁と、それから、今まで聞いたことのなかったオラショ、何語でしょうかね。

池澤　もとのものならラテン語ですね。

石牟礼　ラテン語、ああ。あれが不思議でたまらない。実際聞いてみたい。肉声で聞いてみたいですね。

池澤　今まで伝わってきているんでしょうか。

石牟礼　どうでしょうかね。行って調べたいけど、まだ動き回れない。なにせ『春の城』を仕上げなきゃ。世の中に受け入れられればいいな、と思いますね。一行でも。

池澤　年貢減らしに奔走する幕府側の鈴木という侍がいた。

石牟礼　はいはい。

池澤　あの方の話もとても興味があります。『春の城』はまだ手が入りますか。

石牟礼　まだ、書き直したいです。

池澤　全部手を入れるのですか？　続きを書くのですか。

石牟礼　ほんとに書きたいのは、あの、全滅直前の風景ですね。

池澤　城の中の？

石牟礼　はい。お互いに、人間であることの、大切さ、というか、生まれてきてよかったな、そういう死に方をするにもかかわらず、生きてきてよかったなあって、思い出す、四郎の姿、神のお使い、自分たちの代わりの、神性、神の性《しょう》、神性をもった実際に目の前に生きている人間、しかも若い盛りの美貌のままだったと思います。まのあたりにして感動して、お互いに、生まれてきてよかったなあ、とあいさつをしあって。私の父もそうでしたけど、なんか、とても器用で、海に流れている木片の、かけらでもいい、全部ひろい集めて、三、四年経って、野外に干して、それを燃やしながら、つくづく、お互いを大切に思う、四郎のような少年を師匠にいただいているわけでしょう。それもたいへん幸福感を与える場面です。というのを書ければ書きたいなと思っています。

池澤　お書きください。

石牟礼　書けるかどうかわかりませんけれど。

池澤　大軍に囲まれて苦しくとも幸福はあったのですね。

石牟礼　はい。じゃなかったかと思います。

池澤　それは、水俣でも同じですよね。

石牟礼　はい。

池澤　でも、水俣の闘いのことで思うんですが、石牟礼さんの闘う意志というのはおのずから湧いて出たものですか？　それは怒りなのかしら。

石牟礼　どうなんでしょうね。

池澤　りりしいんですがそれだけではなくて、目の前の闘いを見ていながら、その向こうに全然別のものが透けて見えているような、そんなお姿が見えるんですよ。だから、もうひとつのこの世というのは何なんだろうなと思って。

石牟礼　……。

池澤　あれも不思議な言葉です。石牟礼さんには考える宿題をたくさんたくさん、どんと預けられた気がしていますよ。

石牟礼　あしたでもひょっこり死んでいるかもしれません。

池澤　でも、それは、悲しいことですか。

石牟礼　はい？

池澤　ぼくらにはすごく悲しいけれど。元気でいらしてください。

石牟礼　池澤さんも。私の希望の星です。

2017年11月22日

魂うつれ

（池澤、食堂に一人でいた石牟礼の車椅子をおして病室へ）

池澤　水俣フォーラムで石牟礼さんのことをしゃべります。だから両方用事があってきました。お顔の色いいですね。

石牟礼　（しゃべるが聞き取れず）幻覚……。

池澤　幻覚は、こわいですか？

石牟礼　……天草。

池澤　天草。

石牟礼　はい。……何が私を……石垣が積んである。

池澤　それはむかし見たままですか？

石牟礼　むかし……石垣が……わけているんです。いちばん大きい……手前は……。

池澤　夢ではなくて起きているときに幻覚はあらわれるのですか？　このあいだ、東京で「なごりが原」を見ました。後半分の櫛稲田媛《くしなだひめ》の舞、見事でした。狐どんたちもよかったけれど。萬斎さんは今ぼくの書いた狂言の練習をしています。来月公演なんです。鮎の話。鮎が六匹出てきます。お稽古全部立ち合っています。萬斎さんが同じ年に石牟礼さんとぼくのと両方やるっていうのは面白い話ですよね。

ぼくは萬斎さんのおじいさんのころから見ているんですよ、五十年前ですね、そのころ狂言が好きで、野村万蔵さんという方、舞台をおっかけてずいぶん見ました。お能はむずかしいから見なかったけど。狂言の方が日常語だからわかりやすいし、おかしいし。古典の教養がなくても楽しめる。お能はいろいろ、和歌とか『源氏物語』とか知らないといけない。ですから狂言の台詞《せりふ》なら書けるんですよ。お能の台詞は書けないです、手がでない。『不知火』はほんとうによくできていたと思いましたよ。あのテーマはお能にぴったりだし。「沖宮」も志村ふくみさんたちが上演したいと言っていろいろはたらいていらっしゃる。お手伝いできたらと思っています。

先ほど水俣病展に行ってきました。このポスターの写真、手に抱いているのは鳩なんですよね。さわったこともない鳥をこう、抱かせてもらって、半永さん（半永一光さん。『苦海浄土』の杢太郎のモデル）、うれしくてしかたなくてニコニコしているという説明がついていました。いつまでも抱いていたと。会場でぼくがいちばん長くいたのが、亡くなったみなさんの写真をたくさん並べてある部屋でした。患者さんたちの遺影を並べた。

石牟礼　はい。

池澤　それが展示の中でいちばん力があって、一枚一枚見ていって、で、お顔を見るのと名前を見るのと、気持ちがちがうんですね。

石牟礼　はい。

池澤　名前を見ているときはこういう名前の方だったと思う。お顔を見ていると、もっとなんか、近くにいるような気がして。そういう写真がたくさんたくさんあるから、全部見るのはなかなかたいへんでした。でも、引き込まれますね。

石牟礼　はい。

池澤　中には名前を出さない方もいらしたし、それから、遺族の方が写真を出したくないという方もいらした。いろいろですけど、でもみなさんほとんどちゃんと写真が残っている。凄い力ですよ。

石牟礼　『魂うつれ』、ありますか。（冊子を出して見せる。坂本しのぶさんの写真。石牟礼、題字を示す。胎児性患者の鬼塚勇治さんの字である）

米本　なんという力強い字でしょうか。

石牟礼　（題字を書いた鬼塚勇治さんは）魂という字を知らない。ヘンな字で書いています。魂のことを人と話したこともない。魂をテーマに何かやるということも、この字を書くまでなかった。でも、叙法がちがおうと、書くんです。この冊子は水俣でつくったんですね。力強い字ですね。私も魂について、何か書きましたよ。しのぶちゃん、胎児性患者さんが集まった席で、語ったそうです、訴えたそうです。

池澤　遠いジュネーブまで行ってみんなにお話をして、偉《えら》いですね。

石牟礼　偉いですね。

池澤　とても大事なことを伝えてきたでしょう。

石牟礼　はい。（石牟礼、せきばらいして、『魂うつれ』の表紙に書かれた坂本しのぶさんのメッセージを読む）

「あたしもみんなも、どんどん悪くなっていきます。水俣病は、終わっておりません。たくさんの人が、闘っております。私は、言いたいことで来ました。女の人と、子どもを、守って、ください。水銀のことを、ちゃんと、してください」

池澤　渡辺京二さんが新しいご本を出されましたね（『死民と日常――私の水俣病闘争』弦書房）。ずっと昔の、水俣病闘争のことをお書きになったもの。ものすごく元気で攻撃的で面白いですよ。

石牟礼　攻撃的ですからね。

池澤　ほんとに、けんかっ早かったことがよくわかる。

石牟礼　はい。

池澤　で、いちいちそれが的を射ているから、読んでいて気持ちがいいです。あんな方だったんだと思って、四十年前は。

石牟礼　はい。最近はだいぶ変わりなさいました。

池澤　まるくなられた。

石牟礼　水俣、お読みになる。なんにも読んでいない……勉強して……読んでみようと思って……水俣……古典のなかにある……。

池澤　ぼくは石牟礼さんのご本で、高漂浪《たかざれき》とか、のさりとか、いろいろいい言葉をおぼえましたよ。悶《もだ》え神《がみ》もそうだし。

あとがき

池澤夏樹

白状するが、ぼくは人に会うのが得意でない。

知らぬ人に会って言葉を交わしてそこから何かを得るということがうまくできない。それがわかっているから事前につい臆してしまう。

昔、女性の火山学者を主人公にした話を書いた時、「そういう方に会って取材なさったんですか？」とインタビューで聞かれて、そんなことは思いもしなかったと答えた。『真昼のプリニウス』の頼子の知識・能力はすべて参考書に由来し、性格はぼくが作った。ずっとそうやって小説を書いてきた。ぜんぶ創作・捏造。

だいたい人に会いたいと思わないのだ。誘われてもまずは断る口実を探す。

時に対談などするけれどそれは意見と知識の交換であって、人柄のふれあいではない。ある程度までわかり合えると思った相手でなければ対談もしないが、それはそこまで。だいたいが一回かぎり。

石牟礼さんだけが違った。

熊本に行ってお目にかかってお喋りをして、それが楽しくてしかたがなかった。機会があるごとに、というか機会を作って、通った。山本医院の頃、その後のユートピア熊本（老人ホーム）と託麻台リハビリ病院を行ったり来たりしていた数年間。一回ずつが今となると無類に懐かしい。

いつも誰かがそばにいた。身辺の世話をしながら秘書役も務める米満公美子さん、後に『評伝 石牟礼道子――渚に立つひと』を書くことになる（当時は）毎日新聞記者の米本浩二さん、石牟礼道子の執筆と生活ぜんたいを支えてきた渡辺京二さん。若い詩人の大津円《まどか》さんが同席したこともある。

いつも一緒に何か食べた。狭い病室で、限られた調理器具で、石牟礼さんはよく料理をされた。ぼくは自分でも包丁と鍋と火を使う。石牟礼さんの『食べごしらえ おままごと』にあるものもいくつかは再現した。海外の辺境など制限の多い場で何かを作って供する「逆境の料理人」を自認している。

それでも石牟礼さんにはかなわないと思った。火源は小さな炊飯器一つというところできちんと出汁を取って見事な煮物などを作られる。

更に、京二さんも料理の達人なのだ。山本医院の頃、お手製のビーフシチューをご馳走になって驚嘆した。こんな手間のかかるものをよく作られる。完璧な仕上がり。まいったなあ、と思った。

ところが、何十年も道子さんの食生活を支えてきた京二さんが道子さんの舌の鋭さに愚痴を言われる。魚屋で吟味してきた魚ならば食べるが、時間がないとてスーパーの魚売り場で買った魚だと箸を付けない。栄養だからちゃんと食べなさいと言うと、はいと答えて口に入れて、こっそりティッシューに包んで屑籠に捨てる。好き嫌いが徹底している。

パーキンソン病さえなければ百歳まで生きて書いただろう、と京二さんが言われることに深く納得する。石牟礼道子は、何度振り返ってみても、驚異の人だった。出会えたこと、親しく話す機会をこんなに多く持てたこと、「みっちんの声」をたくさん聞けたことを我が人生の「のさり」と思う。水俣の言葉で、天から降ってきたような幸運のことである。

二〇二〇年十一月　札幌

■石牟礼道子（いしむれ　みちこ）

一九二七年、熊本県生まれ。一九六九年『苦海浄土』三部作の第一部となる『苦海浄土――わが水俣病』を刊行、第一回大宅壮一ノンフィクション賞に選ばれるも辞退。一九七三年マグサイサイ賞受賞、一九九三年『十六夜橋』で紫式部文学賞、二〇〇一年朝日賞、二〇〇二年『はにかみの国――石牟礼道子全詩集』で芸術選奨文部科学大臣賞、二〇一四年『祖さまの草の邑』で現代詩花椿賞を受賞。他に『椿の海の記』『石牟礼道子全集 不知火（全十七巻・別巻一）』『石牟礼道子詩文コレクション（全七巻）』など。二〇一八年逝去。

■池澤夏樹（いけざわ　なつき）

一九四五年、北海道生まれ。一九八四年『夏の朝の成層圏』で長編小説デビュー。一九八八年『スティル・ライフ』で芥川賞、一九九二年『母なる自然のおっぱい』で読売文学賞、一九九三年『マシアス・ギリの失脚』で谷崎潤一郎賞、二〇一〇年『池澤夏樹＝個人編集 世界文学全集』で毎日出版文化賞、二〇一一年朝日賞、二〇二〇年『池澤夏樹＝個人編集 日本文学全集』で毎日出版文化賞、他多数受賞。他に『カデナ』『キトラ・ボックス』『ワカタケル』など。

みっちんの声

二〇二一年二月一八日　初版印刷
二〇二一年二月二八日　初版発行

著者　石牟礼道子
　　　池澤夏樹
発行者　小野寺優
発行所　株式会社河出書房新社
〒一五一－〇〇五一
東京都渋谷区千駄ヶ谷二－三二－二
電話　〇三－三四〇四－一二〇一（営業）
　　　〇三－三四〇四－八六一一（編集）
http://www.kawade.co.jp/
印刷　株式会社亨有堂印刷所
製本　大口製本印刷株式会社

Printed in Japan　ISBN978-4-309-02946-7
落丁本・乱丁本はお取り替えいたします。